JN215516

# アンデルセンのおはなし

スティーブン・コリン／英語訳
エドワード・アーディゾーニ／選・絵
江國香織／訳

のら書店

ARDIZZONE'S HANS ANDERSEN
Fourteen Classic Tales
Selected and Illustrated by Edward Ardizzone
Translated by Stephen Corrin
Illustrations copyright © 1978 by Edward Ardizzone
Illustration reproduction rights arranged with
The Estate of Edward Ardizzone
c/o Laura Cesil Literary Agency, London
through Tuttle-Mori Agency, Inc., Tokyo

# 覚え書

エドワード・アーディゾーニの挿絵のためのテキストとして、これら14話のお話を訳すにあたり、ヘンドンの図書館で1年の任期で働いていた二人のデンマーク人の図書館員に力を貸してもらった。ビアギッテ・エゲとインゲル・セレンセンへ感謝の意を表すが、翻訳の欠点はすべて私によるものである。

説明的な部分や、やや長すぎるお話では、少々整理をしているため（正当化できないこともないのだが）、アンデルセンという巨匠がデンマーク語で書いた原書を勝手に書き換えたと責められるかもしれない。私は、いくぶん古風なテキストの言語のせいで、翻訳が若い読者にとって奇妙に響くかもしれないと思ったところでだけ、そのように書き換えたのである。

スティーブン・コリン

もくじ

# しっかりした<br>スズの兵隊

あるところに、二十五人のスズの兵隊がいました。全部、兄弟でした。というのも、彼らはみんな、おなじ一本の古いスズのスプーンから造られていたからです。肩でマスケット銃を支え、赤と青のしゃれた制服を着て、みんな、まっすぐ前を向いて立っています。自分たちの入っていた箱のふたがあけられたとき、彼らがこの世で最初に耳にしたのは、「スズの兵隊だ！」という言葉で、これは、彼らを贈り物にもらった小さな男の子が、手をたたきながらあげた声でした。男の子は、兵隊たちを一つずつ、テーブルにならべました。どれもそっくりおなじ姿ですが、一つだけ様子のちがうものがあり、その兵隊は、脚が一本しかありませんでした。いちばん最後に造られたので、材料のスズが足りなかったのです。二本足のほかの兵隊たちとまったくおなじように、一本足のその兵隊も、しっかりと立っていました。そして、まさにこの兵隊こそが、このお話の主人公なのです。

兵隊たちの立っているテーブルの上には、ほかにもいろいろなおもちゃがのっかっていましたが、いちばん目をひくのは、紙でできた美しいお城でした。いくつもある小さな窓から、なかの部屋部屋をのぞくことができます。外側には、池に見立てた小さな鏡がおいてあり、そのまわりを小さな木々が、ぐるりととりかこんでいます。鏡の池には蠟でできた白鳥たちが浮かび、自分たちの影を見ながら泳いでいました。そのすべてがとても美しい景色をつくっていましたが、なかでもひときわ美しいのは、あけはなたれたお城の玄関口に立つ、小さな女の人でした。この女の人も紙でできていましたが、じつにふんわりした亜麻布のスカートをはき、細い青いりぼんが、スカーフみたいに肩をおおっています。そして、このりぼんのまんなかには、女の人の顔とおなじくらい大きな、きらきら輝く飾りがついていました。この小さな女の人は踊り子なので、両腕を大きく広げてのばし、片方の足を空中高くにあげていました。そうと知らないあのスズの兵隊は、彼女も自分とおなじように一本足なのだと思いました。

「きっと、ぼくの妻になる人なんだ」兵隊は考えました。「でも、彼女はすごく上流階級の人だ、あんなお城に住んでいるんだから。ぼくには箱しかないし、そこには二十五人もの兵隊がいて――、彼女の入る場所はない。だけど、それでも、友だちになってもらえるように、なんとかしてみなくちゃ」

そして、兵隊はかぎたばこ入れのうしろに、体をのばして横たわりました。そこからなら、一本だけの足でぐらつきもせず立っている、あのかわいらしい女の人を眺められるからです。

夜になると、ほかの兵隊たちは箱にしまいこまれ、家の人たちはみんなベッドに寝にいきました。さあ、おもちゃたちが遊びはじめる時間です。みんな、お互いを訪問しあったり、戦争ごっこをしたり、舞踏会をひらいたりします。スズの兵隊たちは、箱のなかでかたかたと音を立てていました。遊びに加わりたいのに、箱があけられなかったのです。くるみ割り人形は宙返りをし、石筆は石盤と、たのしそうにじゃれあいます。おもちゃたちがあまりにも大さわぎするので、この家のカナリアまで目をさまし、さえずりはじめたのですが、そのさえずりは、ちゃんと詩になっていました。たった二人、その場から一歩も動かなかったのは、あのスズの兵隊と、小さな踊り子でした。彼女は両腕を大きく広げてつまさきでまっすぐに立ち、彼は一本の脚で不動の姿勢をとっています。兵隊は踊り子から、一瞬も目を離しませんでした。

そして、時計が十二時を打ったとき、かぎたばこ入れのふたが〝かたん〟と音を立ててあきました。けれど、なかに入っていたのはかぎたばこではなく、小さな黒い小鬼の人形で――、それは例のいたずらおもちゃ、びっくり箱なのでした。

「スズの兵隊」小鬼の人形は言いました。「他人に興味を持つのはやめろ！」

でも、スズの兵隊は聞こえないふりをしました。

「よかろう。あしたを待っているがいい！」人形は言いました。

翌朝、子どもたちが起きてきて、あの小さな男の子が、スズの兵隊を窓敷居におきました。それが小鬼のしわざなのか、突然のすきま風だったのかはなんともいえませんが、窓がいきなりあいて、スズの兵隊は四階からまっさかさまに落ちました。それはおそろしい落下でした。そして、足が真上を向いて空中につきでた形で、兵隊の帽子と銃の先端が、二つの敷石のすきまにはさまりました。メイドと男の子がすぐにさがしにおりてきましたが、いまにも兵隊を踏んでしまいそうに近くまできていながら、どちらも兵隊を見つけることができませんでした。もしスズの兵隊が、「ここです！」とひとこと叫びさえしたら、見つけてもらえたかもしれません。けれど、立派な兵隊なら叫んだりするべきではないと、彼は思ったのでした。

そのうちに、雨が降りだしました。雨脚はどんどん強まり、速まり、雨水が川のように激しく流れます。その雨がやんだとき、街の少年が二人通りかかりました。

「見ろよ！」一人が言いました。「スズの兵隊が落ちてる。川下りをさせようぜ」二人は新聞紙でボートを作り、まんなかにスズの兵隊をのせると、どぶに浮かべて流して、そのわきを、手をたたきながら追いかけて走ります。なんていうことでしょう！ 波は高くせりあがり、さっきのどしゃぶりのせいで、水の流れの速いことといったら！ 紙のボートは上に下に揺さぶられ、ものすごいスピードでくるくるまわり、スズの兵隊は目がまわりました。けれど彼は断固としてしっかり立っていました。まっすぐに前を向き、マスケット銃を肩にかついで。突然、ボートは長いどぶ板の下に入りました。箱のなかにいたときとおなじくらいまっ暗闇です。

「いったいどこに行くことになるのだろう」スズの兵隊は思いました。「全部あの小鬼のせいだ！ もしいま、あのかわいい女の人がここに座ってくれていさえしたら、どんなに暗くたってかまわないんだけどなあ」兵隊がそう思ったまさにそのとき、このどぶ板の下に住んでいる、太ったどぶネズミが現れました。

「通行証はあるのか？」どぶネズミはききました。「通行証を見せろ！」

スズの兵隊は黙ったまま、銃をかつぐ手にますます力をこめました。どぶネズミをそこに残して、

ボートは進みます。「誰かそいつを止めてくれ！　通行料を払ってないんだ！　通行証を見せなかった！」

けれど流れはますます速くなり、どぶ板をぬけた先に日がさしているのが見えてきましたが、同時に、どんなに勇敢な人でもすくんでしまうような、おそろしい轟音も聞こえました。考えてもごらんなさい！　どぶ板をぬけた先で、このどぶの水は大きな運河に流れこむのです！　私たち人間でいえば、大きな滝から落ちるようなものですから、彼はどんなにおそろしかったでしょう！　けれどボートはそこにどんどん近づき、止めようもありません！　ボートは運河に吸いこまれ、気の毒なスズの兵隊は、できるかぎりしゃんとしていようとしました――まばたき一つしなかったんですから。ボートはくるくると、三度も四度も回転し、へりまで水がいっぱいに入ってきました。あとは沈むだけです。兵隊は、首まで水につかって立っていました。ボートはどんどん深く沈んでいき、新聞紙はぐずぐずと崩れかけて、とうとう、水が兵隊の頭の上までおおいつくしました。このとき兵隊が考えていたのは、もう二度と会えない、あのかわいらしい踊り子のことでした。そして、耳にはこんな言葉が鳴りひびいていました。

進め、進め、勇敢な戦士よ
死ぬ運命に、まっしぐら

紙のボートはついに完全にちぎれて、スズの兵隊はその下に沈んでいきました――が、そのとたんに、大きな魚にのみこまれました。

これはまたびっくり！　魚のからだのなかの、なんて暗いこと！　どぶ板の下よりもっと暗いのです。おまけに、とても狭くてきゅうくつでもありました。けれどスズの兵隊は断固として背すじをのばし、マスケット銃を肩にかついだ直立姿勢で横たわっていました。

魚はあちこち泳ぎまわり、ふいに、おどろくほどの勢いで跳ねたかと思うと、とても静かになりました。うっすらと光がさしこみ、それがいきなりまぶしいほどあかるくなったとたん、誰かがこう叫びました。「スズの兵隊だわ！」あの魚は漁師に捕えられ、市場に運ばれて、それを買った人の台所で、いま、メイドに大きな包丁で切りひらかれたところなのでした。メイドは二本の指で兵隊の腰のあたりをつまみあげると、居間に持っていきました。居間では誰もが、魚のおなかに入って世界を旅したこのめずらしい冒険家を見たがりましたが、兵隊はすこしも偉そうにしませんでした。その家の人たちは、兵隊をテーブルの上に立たせました。すると――、そんなことってあるのでしょうか、そこは、兵隊が窓から落ちる前にいた、あのおなじ家のなかでした！　まわりにいるのはおなじ子どもたち、テーブルにあるのはおなじおもちゃたちです。美しいお城と、かわいらしい小さな踊り子もいます！　あいかわらず片足で立ち、もう一方の足は空中へ高くあげています。彼女もまた、断固としてしっかり立っているのでした。そのことがスズの兵隊の胸をふるわせ、兵隊はもうすこしで涙をこぼすところでした――が、それは兵隊のするべきことではありません。兵隊は彼女を見つめ、彼女も兵隊を見つめましたが、どちらも何も言いませんでした。

突然、その家の男の子の一人がスズの兵隊をつかみ、ストーブに投げいれました。その子にはそんなことをする理由は何もありませんでしたし、これもまたみんな、かぎたばこ入れのなかの小鬼のせいでした。炎に照らしだされながら、スズの兵隊はただ横たわり、どうしようもない熱さを感じていました。けれどその熱さがストーブの火のせいなのか、自分の愛の熱のせいなのかはわかりませんでした。兵隊の塗料はすでにすっかりはげおちていましたが、それが旅のあいだに落ちたのか、悲しみのあまりだったのかは、誰にもわかりません。兵隊は小さな踊り子を見つめ、踊り子も兵隊を見つめました。兵隊には、自分が溶けていることがわかりましたが、それでも銃を肩にかつぎ、断固として直立不動でした。

ふいにドアがあき、風が踊り子をふわりと持ちあげます。踊り子は空気の精みたいにひらひらと飛び、ストーブのなか、スズの兵隊のところにまっすぐに運ばれ、ぱっと燃えあがって消えました。兵隊は溶けてスズのかたまりになり、翌朝、灰を掃除していたメイドが見つけたそれは、小さなハートの形をしていました。踊り子について言えば、きらきら輝いていた飾り以外何も残っていなかったのですが、その飾りは、炭みたいにまっ黒に焼けこげていました。

# 皇帝（こうてい）の新しい服

ずっとむかしのことですが、優美な衣装に目のない皇帝がいて、自分のお金をすっかり全部、見ばえのいい服装をするために使っていました。自分の国の軍隊などには興味を示さず、森へ遠出をすることにも劇場にでかけることにも関心がありません。もちろん、森や劇場に、自分のすてきな新しい服を見せびらかしに行くというのならべつでしたけれど。毎日一時間ごとに着替えをするので、皇帝がどこにいるのか、もしお城の誰かにたずねたら、それがいつであろうと、「衣装部屋にいらっしゃいます」というこたえが返ることうけあいでした。まちがっても、「側近たちと会議中です」というようなこたえは期待できません。

この皇帝の住む大きな街は、活気があってにぎやかでした。どの通りにも人があふれ、旅人が行きかっていました。ある日、この街に二人のペテン師がやってきて、話を聞いてくれる人なら誰にでも、自分たちは想像しうるかぎり最高に美しい服を作ることのできる機織り職人だと吹聴してまわりました。自分たちの織る布は、すばらしく繊細な模様で豊かな色合いなのだが、その布で作った服には驚くべき特徴があり、愚か者や、その役職にふさわしくない者の目には見えないのだ、とも言いたてました。

「それはまたすばらしい服ではないか！」皇帝は思いました。「わしがそれを着れば、わが王国の誰がその役職にふさわしく、誰がふさわしくないかわかるはずだ。賢い者と愚かな者の区別もつく。これは、ぜひともその素材の服を着てみねばならん。早急にだ！」

皇帝は、二人のペテン師にたっぷりとお金を与え、ただちに仕事にとりかかるよう命じました。二人は二台の機織り機をすえて、せっせと布を織るふりをしましたが、実際には、織り機の上はからっぽでした。それから二人はもっとも上等な絹糸と、もっとも値の張る金糸が必要だと言い――それらはペテン師たちのポケットのなかに消えたのですが――、夜遅くまで、からっぽの機織り機を動かしつづけました。

「布がどのくらいできているのか知りたくてたまらん！」何日かたち、皇帝はそう思いましたが、愚か者や、その役職にふさわしくない者の目には見えない、ということを考えると、不安な気持ちになりました。そこで、自分にかぎっておそれる必要などないはずだと確信はしながらも、先にべつな人間を行かせて、様子を見てこさせることにしました。街じゅうの人々が、その布の持つふしぎな力についてうわさに聞き、知りあいのうちの誰が賢くて誰が愚かなのか、知りたい気持ちでいっぱいでした。

「誠実なわが老大臣に、機織り職人たちのところに行ってもらうことにしよう」皇帝は考えました。「布の様子を見てきてもらうのに、彼ほどぴったりな人物はいない。いい趣味をしておるし、大臣という役職に、彼よりふさわしい者はいないのだから」

そういうわけで、役職にふさわしいその老大臣は、二人の悪党がからっぽの機械の前で仕事をしている――というか、そのふりをしている――広間に入っていきました。「まさか！　神よ、守りたまえ」

目を大きく見ひらいて、老大臣はまずそう思いました。「まったくなんにも見えないじゃないか！」
けれど、それを一切口にはだしませんでした。

ふたりのペテン師は、どうかもっとお好きなだけ近づいてごらんください、と大臣にうやうやしく言い、すばらしい柄、美しい色合いだと思いませんかとたずねました。たずねながら、二人はからっぽの機械を指さすのでしたが、いくら目をこらしても、気の毒な老大臣には何も、何一つまるっきり見えません。だって、そこには何もないんですから。

「なんたることだ！」大臣は思いました。「私はほんとうに愚か者なのか？　自分でそう思ったことはないし、ましてやほかの誰にもそう思わせるわけにはいかん。この私が大臣にふさわしくないなどということがあるのか？　だめだ、布が見えなかったことは、誰にも知られないようにしなくては」

「さて、大臣、布はお気に召しましたか？」機織りの一人がききました。

「おお、じつに美しい。じつにしゃれているな！」めがねごしにじっと見ながら、老大臣はこたえます。「なんとすばらしい柄、なんとうっとりする色合いなんだろう！　うむ、感銘を受けたと、皇帝にはお伝えしよう」

「おそれいります」二人のペテン師たちは言い、使われている色調の名前や、めずらしい柄について説明します。老大臣は、うんと注意深くその説明を聞きました。あとですっかり、皇帝の前でくりかえそうと思ったのです。そして、実際にそうしました。

一方、二人のペテン師たちは、服を完成させるためにはもっとたくさんのお金と、さらなる絹糸と金糸が必要だと言いました。それらを全部自分たちのポケットに入れ、機織り機には糸一本かけず、それまでとおなじように、からっぽの機械の前で作業を続けたのでした。

しばらくたち、皇帝はまたべつの誠実な役人に、職人の仕事ぶりと、布がもうできあがるのかどうかを見にいかせました。今度も、老大臣のときとまったくおなじことでした。役人はそこにじっと立ち、目をこらしましたが、何も織られていないのですから、何も見えません。

「なんとも美しい布でございましょう？」ペテン師たちはきき、ありもしない複雑な柄や絶妙な色合いについて説明して、役人を感心させようとしました。

「私が愚か者、のはずは、ない」役人は思いました。「まあ、この役職には向いていないのかもしれない、かなりばかばかしい仕事だからな。だが、いずれにしても、それを人に知られるわけにはいかない」そこで、彼もまたその見えない布をほめ、豊かな色合いもみごとな柄も、気に入ったとうけあったのでした。

役人は皇帝に言いました。「はい、職人たちはすばらしい仕事をしております。布はじつに優美です」

街じゅうが、この特別な布のうわさでもちきりです。それで、ついに皇帝も、それがまだ機織り機の上にあるうちに、自分で見にいく決心をしました。すでに見にいった二人をふくめ、選びぬいた役人たちをぞろぞろと引きつれ、皇帝は、二人のペテン師たちが糸もなしに布を織っている広間に入っていきました。

「すばらしいできばえではございませんか？」

すでに見にきたことのある二人がききました。「この織り地模様をごらんください、皇帝陛下。それにこの豊かな色合いを」二人とも、ほかの人たちにはちゃんと布が見えているのだと思って、からっぽの機織り機を指さします。

「いったいどういうことだ？」皇帝は思いました。「わしには何も見えん！　これはゆゆしきことだ。わしは愚か者なのか？　わしが皇帝にふさわしくないとでも？　これはわが生涯最大の惨事だ！」けれど、声にだしてはこう言いました。「じつに美しい布だ。最高の品だと認めよう」そして、満足げな表情でからっぽの機織り機を見つめ、何度もうなずいてみせました。何も見えないとは、言えないし言いたくなかったのです。そばにいた役人たちもみんな、いくら目をこらしても何一つ見えないにもかかわらず、皇帝のまねをして、「じつに美しい！」と言いました。そして皇帝に、このすばらしい布で衣装を仕立て、近々予定されている大行列のときに、ぜひ初披露なさいませ、とすすめました。「みごとだ！　豪華ですな！　このうえもない！」口々に布をほめちぎる役人たちの表情は、熱に浮かされた人のそれのようでした。皇帝は二人のペテン師それぞれに、ボタン穴につけるための十字型の勲章と、〝皇帝公認機織り名人〟の称号をさずけました。

大行列を翌朝に控えた晩、二人の悪党は寝ずに働き（というか、働くふりをして）、そのあいだに十六本以上のろうそくを灯しつづけましたので、人々の目には、この二人が皇帝の新しい服を完成させるために懸命に努力をしているように見えました。二人は布を機織り機からはずすふりをし、大きなハサミで何もない空中を切り、糸のついていない針で縫い、ついに、とうとう、こう言いました。「ごらんください！　皇帝の新しい服が仕上がりました！」

皇帝が、身分の高い家来たちをしたがえてやってくると、悪党たちは二人で何かを捧げもつように、それぞれ片腕を持ちあげて言いました。「さあ、これがおズボンです！　こちらが上着！　そしてこのマントもごらんください！」とかなんとか、もっともらしく。

「どの衣装も、くもの巣のように軽いのです。陛下はなんの重みもお感じにならないでしょうが、まさにそこが、この素材のすばらしいところなのです」

「いや、まさにすばらしいですな！」家来たちは口をそろえましたが、何も見えてはいませんでした。見るべきものなんて、そこにないのですから。

「おそれいりますが、陛下、お召しものをお脱ぎいただけますか？」悪党たちは言いました。「そうしましたら、この大きな鏡の前で、わたくしどもが新しいお召しものを着せてさしあげますので」

皇帝が服をすっかり脱いでしまうと、ペテン師たちは一つ一つの衣装をあたかもていねいに着せかけるようなしぐさをして、大行列のあいだ皇帝がうしろに引きずるはずの、長いもすそを、ウエストに巻きつけて留めるふりまでしました。皇帝は鏡の前で、こっちを向いたりあっちを向いたりしてみます。

「じつに立派に見えます！　ほんとうによくお似合いです！」みんないっせいに声をあげました。

「しゃれたデザイン！　文句なしの色合い！　全体として、まことに美しく調和しています！」

すると、行事の責任者がやってきて、こう告げました。「皇帝のための天蓋の準備が整いました。みんな、おもてで待っております」

「わしも、もう準備はできておる」皇帝は言いました。「どうだ、似合うか？」そう言って、もう一度鏡を見ます。自分の盛装をよく眺めて確認している、というふうに、ふるまう必要があったからです。

もすそを持つ係の従者たちは、地面を手さぐりして、マントのすそをつかむふりをしました。そして、あたかもそれがそこにあるかのように、空中にすこし持ちあげます。みんな、自分に布が見えないことを、誰にも知られたくありませんでした。

　こうして、皇帝は立派な天蓋の下で、行列をしたがえて歩きはじめました。大勢の人が道にでて見守っています。窓から眺めている人もたくさんいました。「皇帝の新しいお召しものは比類なく美しいな！」「あのもすそのすてきなことといったら！」「色も形も完璧な組みあわせだ！」みんな、口々に言います。何も見えていないことを、知られては困るからです。だって、それでは自分が愚か者で、自分の仕事にふさわしくない人間だと表明するようなものですからね。皇帝の服がこれほど熱狂的な賞賛を浴びるのははじめてのことです！

「だけど、皇帝は何も着ていないよ！」一人の子どもが、大きな声で言いました。

「おいおい、こりゃ、まいったね！」その子の父親が叫びます。「無邪気な子どもはそう言ってるぞ！」するが、人々はひそひそささやきかわし、その子どもの言葉がさざ波のように広がりました。どんどん広がり、ひそひそ話だったものがたちまち騒々しいざわめきとなって、しまいには、誰もがこう口にだしていました。「だけど、皇帝は何も着ていないよ！」

皇帝は困惑しました。人々の言っていることが、あまりにもほんとうだと思えたからです。けれど、こう考えました。「だからどうした。いずれにしても、わしはこの大行列を続けねばならんのだ」

そこで、皇帝は胸を張り、誇らしげに歩きつづけて、従者たちもうやうやしく、存在しないもすそを捧げもちつづけました。

# 小さな人魚

海のはるか沖では、水はもっとも美しいヤグルマギクの花びらのように青く、このうえなく澄んだガラスのように透きとおっていますが、底がとても深く、どんな錨も届きません。教会の塔の上にまた教会の塔を、その上にまた教会の塔を、いくつもいくつも、うんとたくさん重ねなければ、水の上にはでないほどです。そんな、海の下のとても深い場所に、人魚たちは暮らしていました。

ところで、海の底にあるのは白い砂ばかりだろうと思ったら大まちがいです。ええ、全然ちがうのです。とてもしなやかな茎や葉を持つ魅惑的な木や草が生えていて、ほんのちょっとでも水が動くと、まるで生きているみたいに、その動きにこたえます。魚たちはみんな、大きいのも小さいのも、その草のなかをすべるようにでたり入ったりしています。ちょうど、小鳥たちが空中でしているようにです。いちばん深い場所に、海の王さまのお城がありました。壁は珊瑚で、長くて先のとがった窓はみんな琥珀でできていました。屋根は貝殻でできていて、貝たちは、水がたわむれると殻をあけたり閉じたりします。それは、ほんとうにこの世でいちばん美しい屋根でした。なぜかといえば、どの貝のなかにもつやつや輝く真珠が入っていたからで、どの一粒をとっても、女王さまのかんむりの飾りになるほど美しいのでした。

海の王さまは、もう何年も前にお妃さまを亡くしていましたが、年をとったお母さんが、彼のために家のなかをとりしきっていました。この人は賢い女性でしたが、家柄のよさを誇りにしていて、いつもしっぽに十二個の牡蠣をつけていました――ほかの貴族たちは、六個までしかつけることを許されていないのです。けれどおおむね、高く評価されてしかるべき人で、それはとりわけ、孫たち、つまり小さな海のお姫さまたちを、とても大切に育てていたからでした。かわいらしいお姫さまたちは全部で六人いて、なかでもいちばん美しいのは、末のお姫さまでした。肌はバラの花びらのように曇りがなくきれいで、目は深い湖とおなじくらい青いのです。が、ほかのみんなとおなじように、脚は持っていませんでした。胴の下は魚のしっぽなのです。一日じゅう、お姫さまたちはお城のなかの、広々とした広間で遊びます。壁からはいきいきと花が生え、大きな琥珀の窓は全部あけはなたれていて、魚たちがすいすいと入ってきます。ちょうど、私たちの世界で、窓からツバメが飛びこんでくるみたいにです。魚たちは小さなお姫さまたちのすぐそばを泳ぎまわり、お姫さまたちの手からたべものをもらい、お姫さまたちになでてもらうのでした。

お城の外は大きな庭で、燃えたつように赤い木々や、暗く青い木々でいっぱいでした。その実は金色に輝き、花々はまるで燃えさかる火のように見えるのですが、なぜかといえば、茎も葉もたえまなく水に揺れうごき、すこしもじっとしていないからでした。地面そのものは上等な砂で、でもその砂は、硫黄の炎みたいに青いのです。あたりいちめん、美しい青いもやが立ちこめているので、そこが海の底ではなく、上も下も青空に囲まれた、空中高い場所だといわれても、信じられるほどでした。海が穏やか

なときには、お日さまが見えました。水底から見るお日さまは、萼から光があふれでている真紅の花みたいに見えるのでした。

　小さなお姫さまたちは一人ずつ、庭に小さな自分専用の場所を持っていて、そこに、自分の好きな植物を植えることができました。あるお姫さまはクジラの形の花壇を作りましたが、べつなお姫さまは、人魚の形の方がいいと考えてそうしました。けれどいちばん末のお姫さまは、自分の花壇をお日さまみたいなまるい形にし、お日さまみたいに赤く輝く花々を植えました。彼女はちょっと変わった子どもでした。物静かで思慮深いのです。お姉さんたちはみんな、自分の庭を、座礁した船で見つけた珍しいもので飾りつけましたが、彼女が望んだのは、お日さまみたいなバラ色の花々と、きれいな大理石の彫像一つだけでした。それは、澄んだ白い石でできた美しい少年の彫像で、難破した船からこの海底に、沈んできたものでした。この彫像の横に、彼女はバラ色のしだれ柳を植えたのですが、それはすばらしくよく育ち、たっぷりと葉をつけた枝を、彫像の上から砂の地面に向かってたらし、スミレ色の影を落としていました。枝が揺れると影も揺れ、それはまるで、枝先と根がたわむれて、たのしくキスをしているようでした。

　この末のお姫さまは、地上にある人間の世界の話を聞くことが何よりも好きでした。年老いたおばあさまが、船や街や人間たちや動物たちについて、自分の知っていることをすべて話してくれるのです。お姫さまにとって、とりわけすばらしく思えたのは、地上の花々はいいにおいがし（海の底では、花たちにおいはないのです）、木々の葉は緑で、枝のあいだをくぐりぬける魚たちは、うっとりするような声で歌を歌える、ということでした。おばあさまが魚と呼んだのは、実際には小鳥のことです。だって、「小鳥たち」と言ったところで、それを一度も見たことのないお姫さまにはわかるはずもないのですから。

「十五歳になったら」おばあさまは言いました。「海の上まで浮かびあがって、月の光のなかで岩に腰かけたり、大きな船が通りすぎるのを眺めたりできますよ。森だって、街だって見られます」

翌年、いちばん上のお姉さんが、十五歳の誕生日を迎えました。ほかのお姫さまたちはといえば、みんなそれぞれ一歳ずつ年が離れていましたので、いちばん末のお姫さまは、海底から海の上に浮かびあがって、私たち人間の世界がどんなふうか見るまでに、まるまる五年も待たなければならないのでした。けれど、どのお姉さんも下の妹たちに、自分が海の上にでた最初の日に見たり聞いたりした、美しいもののことをすっかり話して聞かせると約束しました。おばあさまの話だけでは十分ではなくて、みんな、ほんとうにあれこれ知りたいことがたくさんあったからです。

どのお姉さんも、いちばん末のお姫さまほどにはあこがれではちきれそうではありませんでした――そして、それなのにその彼女、いつも物静かで思慮深いその彼女こそが、いちばんながく待たなければならないのです。たくさんの夜、彼女はあけはなたれた窓のそばに立ち、魚がひれやしっぽでたたく暗く青い水を通して上を見上げました。月が見え、星々も見えましたし、それらはもちろん輝いていまし

たが、私たちが地上から見るのとはちがって、月も星も水のなかではずっと大きく見え、輝きもかすかでした。黒い雲のようなものが浮いて近づいてくれば、彼女には、それが自分の上を泳いでいるクジラか、たくさんの人を乗せた船だということがわかりました。が、船に乗っている人たちは、自分たちの下にかわいい小さな人魚が立って、船に向かって白い両腕をさしのべているなんて、想像もしなかったことでしょう。

さて、十五歳になったいちばん上のお姫さまは、海の上まで浮かびあがることを許されました。戻ってきたとき、このお姫さまには、話したいことがとてもたくさんあったのですが、なかでもいちばんすてきだったのは――と、彼女は語りました――、波の穏やかな海辺で、月の光に照らされながら砂浜に横になり、近くにある、大きな街を見たことでした。まるで、満天の星のように、街にはあかりがきらきらとまたたいていました。音楽や、人々の声や、馬車の立てる音や、街のざわめきが聞こえ、教会の尖塔や屋根がたくさん見えました。鐘が鳴るのも聞こえたそうです。

そこに行くことをまだ許されていないので、いちばん末の妹は、ますます熱烈に、それらすべてにあこがれました。ああ、お姉さんの語る地上の様子に、どんなにうっとり耳を傾けたことでしょう。そして、夜になると、あいた窓のそばに立ち、暗く青い水のなかで上を見上げて、さまざまな音に満ちたその大きな街のことを思うのでした。すると、想像のなかで、教会の鐘の音まで聞こえてくるのでした。

次の年、二番目のお姉さんが海面まで浮上して、好きなところに泳いでいくことを許されました。彼女が水の上に浮かびあがると、ちょうどそのときお日さまが沈みました。そして、その光景こそ、彼女の思ったいちばん美しい景色でした。空全体が黄金のように見えたわ、と、彼女は言いました。雲の美しさといったら、とても言葉では語れないほどよ、と。バラ色やスミレ色の雲が、彼女の頭上を流れていったそうです。でも、その雲よりも速く、まるで白く長いヴェールみたいに空を流れていくものがあり、それは白鳥の群れで、沈んでいくお日さまに向かって飛んでいたので、彼女もそちらに向かって泳いだのですが、お日さまは沈み、海からも雲からも、バラ色の輝きは消えてしまったそうでした。

　次の年は、三番目のお姉さんが浮かびあがっていきました。このお姉さんは、姉妹のなかでいちばん大胆でした。海にそそぎこんでいる、内陸の広い川にまで泳いで入っていったのです。そして、ブドウの木が列になっている美しい緑の丘や、立派な森のそこここにあるお城やとりでを発見し、たくさんの小鳥たちが歌うのを聴きました。お日さまがとても暖かかったので、日に灼けた肌を冷やすために、ときどき水に飛びこまなければならなかったそうです。小さな入り江で、彼女は人間の男の子たちに遭遇したのですが、男の子たちは裸でそのへんを走りまわったり、水に入ってしぶきをあげたりしていました。けれど彼女がいっしょに遊ぼうとすると、男の子たちは驚いて逃げてしまったそうです。そして、それから小さな黒い動物が現れ（それは犬でしたが、一度も見たことのない彼女にはわかりませんでした）、激しく吠えたので、こわくなった彼女は海のなかに戻ってきたのでした。でも、あの雄大な森や緑の丘、しっぽもないのに泳ぐことのできる、あのかわいい人間の男の子たちのことが忘れられませんでした。

四番目のお姉さんは、それほど勇敢ではありませんでした。彼女は浮きあがったあとも海のなかにとどまり、妹たちに、そこから見た景色よりいいものなんて、あるはずがないと言いました。どこまでも見わたせて、頭上の空は、巨大なガラスの釣り鐘みたいで。はるか遠くにいる船は、カモメみたいに見えたそうです。イルカたちは愉快で、彼女のまわりで宙返りをしてくれましたし、大きなクジラたちは鼻の穴から水を噴きだし、それはまるで、何百もの噴水のようでした。

さて、今度は五番目のお姉さんの番です。このお姉さんのお誕生日は冬でしたから、ほかのお姉さんたちの見なかったものを見ることができました。海はかなり緑色に見え、そこらじゅうに大きな氷山ができていました。氷山は一つ一つが真珠のようでしたが、それでいて、人間たちが建てた教会の塔よりずっと大きいのでした。どれもじつにおもしろい形をしていて、ダイヤモンドみたいにまぶしく輝いていました。彼女はいちばん大きなものの一つに腰かけていたのですが、航海している船はみんな氷山を警戒して、彼女が座って、長い髪を風になびかせている場所から、できるだけ遠くを進んでいきました。夜が近づくにつれ、空は暗く陰鬱になり、雷が鳴っていなずまが光りました。黒々とした海がうねると、大きな氷のかたまりがあちこちで高く持ちあがり、いなびかりを受けて輝きます。船はみんな帆をおろし、そこに乗っている人たちはみんな恐怖と不安にすくみあがっていましたが、彼女はただ静かに氷山の上に座り、不気味に輝く海の上で、ジグザグに光るいなずまを見ていました。

人魚の姉妹たちは、最初に海の上にでるとき、それぞれみんな、はじめて目にする美しくて珍しいものすべてにわくわくしました。けれども、その後はみんな大人として認められ、いつでも好きなときにそこまで泳いであがっていいことになっていますから、海の上の景色はもうそれほど興味深くなく、みんな、すぐ家に帰りたくなるのでした。一か月か二か月水面から遠ざかっていると、海の底よりも美しいものなんて何もないと思うようになります。いずれにしても、自分の家にいるというのはとても快適なことですからね。

夜になるとよく、五人のお姉さんたちは腕を組んで、いっしょに水面まで浮かびあがっていきました。人魚たちはみんなとてもかわいらしい声をしていて、それは人間の声よりずっと美しいので、嵐がきて、船が難破するのではないかと心配になるといつでも、みんな船のそばまで泳いでいって、海の底の美しさを歌って聞かせ、海に沈んでもこわくはないことを、船乗りたちに伝えるのでした。けれど船に乗っている人たちには、人魚の言葉はわかりません。ですから、嵐の音だろうと考えました。それに、もし船が沈んで海底に引きずりこまれ、王さまの宮殿にたどりついても、船乗りたちには、美しいものを見ることはできなかったでしょう、死体になっているのですから。

そんなふうにお姉さんたちが水面に浮かびあがっていくとき、末の妹は一人ぼっちでとりのこされて、のぼっていくお姉さんたちを目で追いました。泣きたい気持ちでしたが、人魚は涙を持っていません。そのためによりいっそう、苦しみが深くなるのでした。

「ああ！　十五歳でさえあればなあ！」彼女は嘆きました。「地上の世界とそこに住む人たちを、私はきっと大好きになるわ！」

やがて、ついに、彼女も十五になりました。「さあ、あなたを旅立たせてあげなくてはね」年とった未亡人で、女王でもあるおばあさまは言いました。「いらっしゃい、お姉さんたちにもしてあげたように、おめかししてあげるから」おばあさまは彼女の髪に、白百合の飾りをつけました。花びらの一つ一つが、半割りにした真珠でできた白百合です。それからおばあさまは、お姫さまが高貴な家の出だということが一目でわかるように、八つの大きな牡蠣に、お姫さまのしっぽをはさませました。

「すごく痛いわ！」お姫さまが言うと、「そのとおり」と、おばあさまはこたえます。「でも、家柄のためにはがまんしなくてはならないのよ」

ああ！　お姫さまはどんなにか、その牡蠣たちを全部ふりおとし、重たい髪飾りを投げすてたかったことでしょう（彼女にとっては、自分の庭に咲く赤い花々の方がずっとすてきに思えたのです）。でも、お姫さまはそうはせず、がまんしました。

「行ってきます！」そして言い、透きとおった泡みたいに元気に軽やかに、水のなかを上に向かって泳いでのぼっていきました。

波のあいだから水面に顔をだしたのは、お日さまがちょうど沈むころでした。雲という雲がみんなバラ色と金色に輝き、薄赤い空のまんなかに、宵の明星がくっきりとあかるく光っていました。空気はやわらかく新鮮で、海は完璧に凪いでいます。三本マストの大きな船が一艘近づいてきましたが、まったく風がないために、帆は一つしかあげられていませんでした。索具のまわりにもトップマストの上にも、そこらじゅうに船乗りたちが座っています。音楽が流れ、歌声が聞こえます。夕闇が濃くなると、数えきれないほどたくさんの、色とりどりのちょうちんが灯されました。それはまるで、万国旗が風にはためいているようです。

小さな人魚は、船室の窓のすぐそばまで泳いでいきました。波に体を持ちあげられるたびに、透明な丸窓ごしに、美しい装いに身を包んだたくさんの人たちが見えます。なかでもひときわ美しかったのは、大きな黒い瞳の若い王子さまでした。十六歳以上ではなかったでしょう。この日は彼のお誕生日で、だから何もかもこんなににぎやかなのでした。船乗りたちはデッキで踊り、この若い王子が現れると、何百発という花火が打ちあげられて、昼の日ざしよりあかるい光が夜空をいろどりました。小さな人魚はこわくなって水のなかにもぐりましたが、すぐにまた水面に顔をだし、すると、花火はまるで、すべての星が彼女の上に降ってくるかのようなのでした。生まれてはじめて見る花火です。大きなお日さまがいくつも、たのしげな音を立ててくるくるまわり、火の粉の魚は、青い夜空を飛びはねます。そして、それがみんな、澄んだ静かな海に映りこんでいました。船の上はとてもあかるく、いちばん細いロープまで見えるほどで、とりわけ、人間たちの姿ははっきりとよく見えました。そのなかで、あの若い王子さまがどんなにりゅうとして見えたことか！　何もかもが豪華な夜のなかに音楽が鳴りひびき、王子さまは人々と握手をして、ほほえんだり笑ったりしていました。

もう遅い時間でしたが、小さな人魚は船と美しい王子さまから目を離すことができませんでした。色のついたちょうちんはもうみんな消され、夜空に花火はなく、祝砲もあがらず、ただ海の底深くに、ささやきやざわめきがあるばかりです。一方、人魚は水の上に浮かび、波にまかせて上下に揺れながら、船室のなかを見ていました。船が、スピードをあげて進みはじめます。帆が次々と張られましたが、波が高くうねり、空に大きな雲が集まってきて、遠くでいなずまが光りました。荒々しくおそろしい嵐の気配に、船乗りたちはまた帆をおろします。大きな船は波に翻弄されながら、ともかく前進しつづけました。波は、巨大な黒い山のようにもりあがってうねり、まるで、マストを倒したがってでもいるようです。が、船はその大波のあいだを漂う白鳥のように、水をかぶっては沈んだり、波がくだけちるとまた浮かびあがったりしました。小さな人魚にとって、それはちょっとにぎやかな波乗り散歩みたいなものでしたが、船に乗っている人たちにとっては、ほんとうにまったく、そんなものではありませんでした！　船はぎしぎしきしみながらひびわれ、逆まく波にぶつかられるたびに頑丈な骨組みがふるえます。メインマストが、まるで葦ほどの強さしかないみたいにぽきりと折れて、船が片側に傾き、水がどっと流れこんできました。ようやく、小さな人魚にも、彼らがどんなに危険な状態かわかりました。彼女自身も、もし船が水に放りだされれば、梁や船体の破片に気をつけなくてはなりません。一瞬、あたりが炭のようなまっ暗闇にのみこまれ、何も見えなくなったかと思うと、いなびかりがひらめき、そのあかるさで、彼女には船の上の人たちが、はっきりと見えました。みんな、よろめいたり倒れたりしています。彼女はあの若い王子をさがしましたが、見つけたとたんに船がくだけ、海のなか深く沈んでいきました。束の間、彼女はうれしさにうちふるえました。王子さまが自分のそばにきてくれるのですから。けれどすぐに、人間は水のなかでは生きられないということや、だから王子さまは生きたままお父さんの宮殿にやってくることが決してできないのだということを、思いだしました。だめよ！　死なせるわけにはいかない！　彼女は、自分がそれらにぶつかるかもしれないことも忘れて、船の残骸や漂流物のあいだを泳ぎまわり、もぐったり、波間に顔をだしたりして、あの若い王子さまをさがしました。荒れくるう波のなかで、もうそれ以上泳げないほど消耗していた王子さまは、腕も脚もぐったりして力を失い、美しい目は閉じられていて、小さな人魚がやってこなければ、まちがいなく死んでいたでしょう。

人魚は王子さまの頭を水の上にだして支え、波が二人を運ぶに任せました。

朝になるころには嵐はしずまっていました。船の残骸はどこにも見えません。お日さまがのぼって海を赤く輝かせ、王子さまの頬にも赤味がさしたように見えましたが、目は閉じられたままでした。小さな人魚は王子さまの白く上品な額にキスをして、濡れた髪をかきあげてあげました。王子さまのことを、自分の小さな庭にある、大理石の彫像に似ていると思いました。もう一度キスをします。そして、どうか生きかえってほしいと熱烈に願いました。やがて、しっかりした陸地と、高くそびえる青い山々が見えてきました。山々は頂上が雪におおわれて輝き、まるで、たくさんの白鳥がそこに集まっているかのようでした。下の方に目を転じれば、岸辺には気持ちのいい緑の森があり、その森の手前に、建物が一つ建っていました――教会か修道院です（が、彼女はそれを知りません)。そこの庭にはレモンやりんごの木々が植えられ、門のそばには背の高いヤシの木々もありました。海は、ここで小さな湾になっています。岩場の先は美しい白砂の浜で、波に洗われています。海は静かですが、底はとても深いのです。小さな人魚は王子を連れてこの湾まで泳ぎ、砂浜に彼を横たえました。顔を暖かいお日さまの方に向けるよう、とても気をつけて。すると、あの白い大きな建物のどこかで鐘が鳴りひびき、女の子たちが庭にでてきました。小さな人魚は大きな岩がならんだ場所まで泳いで離れ、岩のうしろに隠れました。誰にも姿を見られずにすむように、髪と胸を海の泡で隠してから、誰かがきて気の毒な王子さまを助けてくれるのを待ちました。

それほど待たないうちに、一人の少女がやってきました。はじめは驚いたようでしたが、それはほんの束の間で、少女は戻ってほかの人たちを呼んできました。人魚が見守るなか、王子さまは意識をとりもどし、まわりにいる人たちにほほえみかけました。が、すぐそこにいる人魚にはほほえんでくれません。それに、もちろん、自分を助けてくれたのが人魚だということも、彼には知りようがありませんでした。小さな人魚の心は沈み、王子さまがあの大きな建物に運ばれていくと、悲しげに水にもぐって、海の宮殿に帰りました。

彼女はもともと無口で、何かと物思いに耽りがちでしたが、いまやますますそうなりました。お姉さんたちが、はじめて浮かんだ海の上で何を見てきたかたずねましたが、人魚は何もこたえませんでした。王子を横たえた砂浜まで、彼女は夜にも昼にもしょっちゅうのぼっていきました。あの庭の果物が熟れるのを見ましたし、それが摘みとられるのも見ました。山の頂上の雪が溶けるのも見ましたが、王子さまの姿は一度も見ませんでした。それでいつも、それまでよりもさらに悲しい気持ちになって家に帰るのでした。たった一つのなぐさめは、自分の小さな庭に座って、王子さまに似たあの美しい大理石の彫像を、両腕で抱きしめることでした。そんなとき、庭はかなり薄暗くなっていました。植物の手入れをおこたっていたので、花々がのび放題にのび、そこらじゅうに広がり、長い茎や葉を、木の枝にからませていたからです。

彼女はとうとうがまんができなくなり、お姉さんの一人に、何があったのかを話しました。たちまち、ほかのお姉さんたちみんながそれを知ることになりました――が、お姉さんたち以外には、お姉さんたちがうちあけた、ごく親しい友人の人魚二人をのぞいて、誰も知りませんでした。その友人の一人が、あの王子さまが誰なのかを教えてくれました。彼女もまた、船の上でのにぎやかなパーティを見ていて、王子さまがどこからきたのか、彼の王国がどこにあるのか、知っていたのです。

「いらっしゃい、小さな妹」お姉さんたちは言いました。みんなで互いの肩に腕をまわし、一列になって海の上に浮かびあがると、王子さまの宮殿があると聞いた場所まで、いっしょに泳いでいきました。

宮殿は、淡い黄色のつやつやした石でできていて、大きな大理石の階段が、海までまっすぐに続いていました。屋根の上にはみごとな金色の小塔や丸屋根があり、建物全体をとりかこんでいる柱廊のあいだには、ほとんど生きているように見える、大理石の彫像がならんでいました。窓にはまった、よくみがかれたガラスごしに、上等なカーテンやタペストリーのかかった荘厳な広間がいくつも見えました。壁はみんな、見る者をうっとりさせる偉大な絵画で飾られています。いちばん大きな広間の中央に立派な噴水があり、天井にあるガラスの丸屋根部分まで水を噴きあげていて、そこからさしこむ日光が、水の上にも、たっぷりした水盤におかれた植物の上にも、きらめいていました。

　こうして、王子さまがどこに住んでいるのか知った人魚は、今度はここに、しょっちゅうくるようになりました。彼女は、お姉さんたちの誰もしないほど、思いきって陸の近くまで泳ぎました。すばらしい大理石のバルコニーの真下、そのバルコニーが水に影を映すあたりにまで、小さな湾を陸地近くに泳いでくることさえしました。そこにじっとして上を見上げ、誰かに見られているとは思いもしない若い王子が、月あかりのなかに立っている姿を見つめるのでした。また、彼女は何度も、王子がみごとなボートで船遊びにでるところを見ました。ボートには飾り旗がはためき、音楽が鳴っていました。人魚は緑の葦のしげみのうしろから顔をのぞかせていたのですが、もしそよ風が彼女のかぶっている長い銀色のヴェールを揺らし、たまたまそれを見た人がいても、白鳥が羽を広げたのだとしか思わなかったことでしょう。漁師たちが松明を灯して海にでている夜には、彼らが王子さまをほめているのを、人魚は一度ならず耳にしました。そういう話を聞くと、人魚はうれしくなりました。波の上で半分死体のようになって漂っていた彼を、助けたのは彼女なのです。そして、自分が彼の頭をどんなにしっかり胸に抱いたかや、どんなに熱くキスをしたかを思いだすのでした。けれど当の王子さまは、もちろんそのすべ

てをまったく知りません。夢にも思わないでしょう。
彼女は人間というものがどんどん好きになり、人間のなかで暮らしてみたいとあこがれるようになりました。人間の世界は、自分たちの世界よりずっと広いように思えたのです。船で海を渡る競争をしたり、雲の上まで山に登ったりできるのですし、人間たちのものである陸地には野原や森もあり、見わたすかぎりよりもっと遠くまで続いています。彼女には知りたいことがうんとたくさんあったのですが、お姉さんたちは、そのすべてにこたえることはできませんでした。それで、彼女は「すぐ上にある世界」についてよく知っているおばあさまにきいてみました。言い得て妙なことに、海の上の陸地を、おばあさまはそう呼んでいたのです。

「人間って、おぼれなければ永遠に生きるの？」小さな人魚はききました。「私たちは海のなかでいつか死ぬけど、人間は死なないの？」

「いいえ」おばあさまは言いました。「人間たちだって死にますとも。しかも、彼らの命は私たちのよりずっと短い。私たちは三百年生きられるんだから。でも、死ねばただの泡になってしまう——だからここには愛する者たちのお墓というものがないでしょう？　私たちには永遠の魂というものがないの。死んで生まれ変わるわけでもない。緑の葦といっしょで、切られてしまったら二度と芽吹かない。一方、人間たちは、魂がずっと生きつづける。それはいつでも生きているの、たとえ肉体が土に返ってもね。魂は空にのぼって、あかるい星々のところまで行くのよ。ちょうど私たちが水面にのぼって人間たちの陸地を見るみたいに、人間たちは未知の輝かしい場所にのぼっていく、私たちが決して見ることのない場所にね」

「どうして私たちには永遠の魂がないの？」小さな人魚は悲しそうにききました。「もしたった一日でも人間として生きられて、人間のように天にのぼっていかれるなら、私はむしろ、三百年も生きられなくてかまわないわ！」

「そんなことを考えるものではありません」おばあさまは言いました。「ここでの私たちは上の世界の人間たちよりずっと幸福で、質のいい生活をしているんですから」

「じゃあ、私は死んだら泡になって漂わなくちゃいけないの？」小さな人魚はききました。「波の音も聞かず、きれいな花々や赤いお日さまも見ずに？　永遠の魂を手に入れるために、何かできることはないの？」

「ないわ」おばあさまは言いました。「誰か一人の人間がおまえを深く愛し、自分の両親よりおまえの方が大事だと思わないかぎりね。その人間が全身全霊でおまえによりそい、牧師の前でおまえといっしょに手に手を重ね、未来永劫おまえだけに誠実であると誓わないかぎりは。そうすればその人間の魂がおまえのなかに入り、おまえに人間の幸福がもたらされる。その人間はおまえに魂を与え、自分でも魂を持ちつづけられるの。でも、そんなことは決して起こりませんよ。海にいる私たちにとっては美しい、あるもの――しっぽのことだけど――を、上の世界の人たちはみにくいと感じるの。彼らには

ちっとものがわかっていないから、美しくあるためには、二本のじゃまなつっかい棒――彼らは脚って呼んでいるけれど――を持っていないとだめだと思いこんでいるの」

小さな人魚は深いためいきをもらし、悲しげに自分のしっぽを見つめました。「私たちはこれで満足しなきゃ」おばあさまは言いました。「三百年も生きて、跳ねたり踊ったりしてたのしく暮らせるんですからね。十分な時間ですよ！　そのあとは泡になって、ゆっくり休めばいいのよ！　さあ、今夜は舞踏会をひらきましょう！」

その舞踏会は、なんて華々しい催しだったことでしょう！　こんなパーティは、地上では決して見られません。その大広間は壁も天井も、厚いけれど透明なガラスでできていました。四方にぐるりと列になってつるされているのは、バラのように赤かったり草のように緑だったりする貝殻で、その無数の貝殻のなかに青い炎が灯されていて、そのあかりが広間全体をいろどり、ガラスの壁を通して、外の海にも光を投げかけています。ですから広間の外側で、大きいのや小さいの、数えきれない魚がガラスの壁に沿って泳ぐのが見えました。深紅やスミレ色のうろこを持つものや、銀色や金色に輝くものや。広間の中央を速い流れで漂っていくのは、彼らだけの持つ甘い歌声に合わせて踊っている、男や女の人魚たちでした。こんなに美しい声は、地上の人間たちには与えられていません。小さな人魚は誰よりもきれいな声で歌いましたので、みんなが称賛の拍手をし、彼女はほんの短いあいだだけ、うれしくてどきどきしました。地上の人間の誰よりも、海の人魚の誰よりも、いちばん美しい声を持っているのが自分なのだとわかったのですから。けれど、彼女の思いはすぐにまた、頭上遠くに戻っていきました。あの美しい王子さまのことも、彼とちがって自分は永遠の魂を持っていないのだという悲しみも、忘れることができませんでした。

それで、お父さんの宮殿をこっそりぬけだし、そこで鳴っている陽気な音楽から遠ざかって、自分の小さな庭に座り、物思いに沈んでいました。すると、水を通して警笛の残響が聞こえ、人魚はこう思いました。「あれは絶対彼の船だわ。真上を通っているんだわ。私がお父さんよりお母さんより愛している彼、私の心をいっぱいにしている彼、その手に私の人生の幸福を握っている彼。彼に愛されて永遠の魂を得るためなら、なんだってするわ。お姉さんたちが宮殿で踊っているあいだに、海の魔女のところに行こう。いつも恐れていた人だけど、あの人ならどうすればいいか教えてくれるだろう」

そこで、小さな人魚は庭をでて、荒れくるう渦巻きめざして泳いでいきました。その渦巻きの向こうに、海の魔女が住んでいるのです。彼女はそれまで一度も、そこに近づいたことがありませんでした。花も育たず海草も生えない、味気ない灰色の砂ばかりがそのあたりにはのびひろがっています。水がよどんでいて、そのよどみのなかで水が荒々しい水車のようにぐるぐると渦を巻き、何もかもを巻きこんで捕まえ、底に引きずりこむのです。海の魔女の領地に入るには、この渦巻きを通りぬけ、海の魔女がうちの泥炭地と呼ぶ、熱く泡だったどろどろの長い小道を進むしかありません。そのどろどろの小道の奥、神秘的な森のまんなかに、魔女の家はあります。その森に生えている木ややぶはすべてイソギンチャクで、半分けもので半分植物、百の頭を持つへびが、地面から生えているみたいに見えました。枝はすべて長くべたついた腕で、先にはやわらかい毛虫みたいな指がついており、根っこからてっぺんまですべての関節が、一つずつたえまなく動いています。つかめるものは何もかもつかみ、それにからみついて、決して離しません。その光景を見ると、小さな人魚はおそろしさのあまり立ちすくみました。すっかり動転して心臓がどきどきし、もし王子さまと、人間たちの永遠の魂のことを考えなかったら、引きかえしていたことでしょう。その二つが、彼女に勇気をとりもどさせました。人魚はイソギンチャクにつかまれないように、長くたなびく髪を頭のまわりにきっちりまとめました。両手を胸にあて、勢いよく流れに身を投げると、くねくねした腕や指をのばして彼女をつかまえようとするみにくいイソギンチャクたちのあいだを、魚のように素早く泳ぎぬけます。すると、イソギンチャクの一つずつが、どんなにいろいろなものをつかまえていたかが見えました。何百もの小枝の腕が素早くのびて、鉄のたがみたいに力強く物をつかむのです。海で死に、水底深く沈んだ人たちが、イソギンチャクの腕のあいだから、白い骸骨になってこちらをじっと見ています。船の舵や道具箱もしっかりつかまれていましたし、陸の動物たちの骸骨もありました。なかでももっともおそろしかったのは、彼らにつかまって絞め殺された、小さな人魚の骸骨でした。そしてようやく、人魚は森のなかの、大きくひらけた沼地にでました。太った海へびが泥のなかをのたうちまわり、黄色がかったみにくい腹を見せています。その沼地のまんなかに、難破した船の乗組員たちの白い骨でできた一軒の家があり、そのなかに海の魔女が座って、ヒキガエルに口移しで物をたべさせていました。ちょうど、人間がカナリアに砂糖をやるようにです。そこらじゅうにいる、あの気持ちの悪い太ったへびたちを、魔女はあたしのかわいいヒヨコちゃんたちと呼び、キノコにおおわれた、自分の大きな胸の上を、好きなように這いまわらせています。

「おまえが何をほしがっているかはお見通しだよ」海の魔女は言い、ふんと鼻で笑いました。「そんなものをほしがるなんて、おまえがひどく愚かだってこともね。それだけじゃない。その願いのせいで、おまえは不幸になるよ、かわいいお姫さま。しっぽをとりさってほしいんだろう？　それでかわりに、歩くための、人間みたいな二本の脚がほしいんだろう？　あの若い王子がおまえを愛し、おまえが王子と同じ永遠の魂を手に入れられるように」そう言って、海の魔女がひどくけたたましく、いやらしい大笑いをしたものですから、ヒキガエルもへびも魔女の胸から転がりおちて、どろどろした地面でのたうちました。

「ちょうどいいときにきたね」魔女は続けます。「あした、日がのぼったあとだったら、あと一年が過ぎるまで、あたしは何もしてやれないところだった。飲み薬を用意してあげるから、おまえはそれを持って、日がのぼる前に陸地まで泳いでおいき。で、岸辺に座ってその薬をのみなさい。そうすれば、おまえのしっぽは二つに分かれて、人間が美しい脚と呼ぶものの形になる。ただし痛いよ、鋭い剣で切りさかれるみたいにね。おまえを見た人間はみんな、おまえをこれまでに見たいちばん美しい娘だと言うだろう。泳ぐときの優雅さをとどめてるからね、どんな踊り子だって、おまえより優雅には歩けない。だけどそれは、一歩ごとに鋭利な刃物の上を踏むようなものなんだよ。血が噴きでるほど痛い。耐えられるかい？　もし耐えられるなら、望みをかなえてやれるよ」

「はい」小さな人魚は、ふるえる声で言いました。そして、王子さまのことと、永遠の魂を手に入れることに思いを馳せました。

「だけど、おぼえておきなさい」魔女は言いました。「ひとたび人間の姿になったら、二度と人魚には戻れないよ！　お父さんの宮殿に行くこともお姉さんたちに会うことも、二度とできなくなるんだよ。そのうえ、もし王子に愛されず、というのはつまり、王子が自分の両親さえ忘れておまえのことだけを考え、牧師の前で手に手を重ねて正式な夫婦にならなかったら、永遠の魂は手に入らないんだよ！　もし彼がべつの女性と結婚したら、そのすぐ翌朝にはおまえの心はまちがいなくはりさけ、おまえは泡になって波間を漂うことになる」

「それでかまいません」小さな人魚は死人のように青ざめて言いました。

「でも、おまえはあたしにお礼もしなくちゃならないんだよ！」魔女は続けました。「言っておくけど、お礼は高くつくよ。おまえはこの海の底で、誰よりも魅惑的な声を持っている。その声を持ってすれば王子を魅了できると、おまえは疑いもなく信じている——でもね、その声を、おまえはあたしにくれなくちゃならないんだ。貴重な薬とひきかえに、あたしはおまえの持っているなかでいちばんいいものを、もらわなくちゃいけないことになっているからね。この薬には、あたし自身の血を混ぜる必要があるんだよ、ひとのみで、両刃の剣みたいに鋭いききめがでるように」

「でも、もし声をとりあげられたら、」小さな人魚は言いました。「私に何が残るでしょう？」

「かわいらしい姿、優雅な足どり、表情豊かな目」魔女は言いました。「そういうものを使えば、人間の心を惑わせられるだろう。おや、勇気をなくしちゃったのかい？　その小さな舌をおだし。切りおとして、かわりにききめのある薬をあげるから」

「では、そうするよりないわね」小さな人魚が言うと、魔女はその妖しい薬を調合するために、大鍋を火にかけました。

「あたしはきれい好きでね」魔女は言い、結んだへびをたわしがわりにして大鍋をこすってから、自分の胸をざっくり切って、鍋のなかに黒い血をしたたらせました。世にもおそろしい形の湯気が立ちのぼり、魔女はそこに次々と、何か新しいものを投げこみつづけます。沸騰すると、ワニの鳴き声のような音がしました。が、とうとうできあがった薬は、澄んだ水のようでした。

「さあ、持っておいき」魔女は言い、小さい人魚の舌を切りおとしましたので、人魚はいまや声を失い、歌うことも話すこともできなくなりました。

「帰り道に、もし森でイソギンチャクがおまえを捕まえようとしたら、」魔女が言いました。「その飲み薬を一滴ふりかけてやるといいよ。そうすれば、やつらの腕も指も、無数に枝分かれしていくから」けれど、小さな人魚はそれをする必要がありませんでした。彼女の手のなかで星みたいに光っている、きらきらした飲み薬を見ると、イソギンチャクたちはおそれおののいて、みんなあとずさりしたからです。こうして、お姫さまはたいして時間をかけずに森をぬけ、沼地をぬけ、荒々しい渦巻きをぬけました。

　お父さんの宮殿が見えました。舞踏会のひらかれていた大広間は、貝殻のあかりが消されています。家族はみんな、もう眠っているのでしょう。けれど、彼女は誰にも会いにいきませんでした。声を失い、家族のもとから永遠に去っていこうとしているのですから。彼女の心は悲しみにはりさけそうでした。庭にしのびこむと、お姉さんたちの花壇からそれぞれ一本ずつ花を摘み、お城に向かって何度も投げキスをして、暗く青い海から陸に向かって、泳いで浮かんでいきました。

　王子さまのいる宮殿の、立派な大理石の階段についたときには、日はまだのぼっていませんでした。月があかるくみずみずしく輝いています。人魚は、焼けつくような、身を切るような飲み薬をのみほしました。まるで、両刃の剣で繊細な体をつらぬかれるような、あまりの痛みに人魚はたちまち気を失い、死人のように倒れました。

海の上でお日さまがあかるく輝くと、彼女は刺すような痛みで目をさましました。が、目の前には、あの美しい王子さまが立っていました。炭のように黒い目で、彼女をじっと見おろしています。うつむくと、人魚の目に、自分のしっぽがなくなっているのが映りました。そこには、どんな女の子もほしがるような、このうえなく美しい、華奢な白い脚がありました。けれど裸でしたので、彼女は豊かでつややかな長い髪で、自分の体をおおいかくしました。彼女が誰で、どうやってそこにきたのか王子はたずねましたが、声を失った彼女には、返事をすることができません。かわりにとてもやさしく、でもとても悲しげに、深い色の目で彼を見つめました。王子さまは彼女の手をとると、お城に連れて入りました。彼女の歩く一歩ずつが、魔女の警告どおり、先のとがった鋭いナイフの刃を踏むようでしたが、彼女は喜んでそれに耐えました。王子さまに手をとられ、石鹸の泡のように軽やかに進みましたので、王子さまもほかの人々も、その優雅な、浮かぶような彼女の足どりに目をみはりました。

絹やモスリンの豪華な衣装をまとわされると、宮殿じゅうに、彼女より美しい人は誰もいませんでした。でも声を失った彼女は、歌うことも話すこともできません。あるとき、絹や金で身を飾ったかわいらしい奴隷少女たちが、王子さまとその両親の前で歌を披露したのですが、なかの一人が、ほかの少女たちよりきれいな声で歌い、王子さまが拍手をしてその少女にほほえみかけました。これは、小さな人魚にとって、とても悲しいことでした。彼女はかつて、もっと美しく歌えたからです。

「ああ！　彼のそばにいるために、私が自分の声を永遠に犠牲にしたんだってことを、彼が知ってさえくれたら！」人魚はそう思うのでした。それから奴隷少女たちはダンスをはじめ、なんとも可憐な音楽にあわせて、たのしげに体を揺らして踊りました。彼女たちが踊りおわると、小さな人魚も踊りました。ほっそりした腕を上げ、つまさきで床をすべるようにして。それは、それまで誰も見たことのない味わいの踊りで、一瞬ごとに彼女の美しさが際だつばかりか、彼女の目が、奴隷少女たちの歌よりももっと深く、人々の心に語りかけるのでした。誰もがうっとりと見とれましたが、とりわけ王子は魅了され、彼女を、ぼくの小さな拾い子と呼びました。足が床に触れるたびに鋭いナイフで貫かれるようだったにもかかわらず、人魚は踊りつづけました。王子は人魚に、いつもぼくのそばにいてくれなくてはいけないよ、と言い、人魚は、王子の部屋のドアの外の、ビロードのクッションの上で寝ることを許されました。王子は彼女のために男の子用の衣装を作らせ、乗馬に行くときにもいっしょに馬を駆れるようにしました。緑の枝が肩に触れ、若葉のあいだから小鳥がさえずるかぐわしい森のなかを、二人は馬で駆けめぐりました。また、高い山々にもいっしょに登ったのですが、やわらかい両足が目に見えて血だらけだったにもかかわらず、人魚は笑いながら彼についていき、自分たちの足もとを雲が鳥の群れみたいに流れて、遠くに消えていくのを眺めるのでした。

　いまでは自分の家のようになった宮殿で、夜、みんなが寝静まっているときに、人魚はそっとぬけだすと、幅の広い大理石の階段まで行って、燃えるように痛む足を冷たい水で冷やすのでした。そうしな

がら、足もとの水のはるか下、海の底にいるみんなのことを考えました。

ある夜、お姉さんたちが腕をからめあって、悲しみに満ちた歌を歌いながら水のなかを泳いで浮かびあがってきました。小さな人魚が身ぶり手ぶりで合図を送ると、それが誰だかわかったお姉さんたちは口々に、彼女がいなくなってみんながどんなに悲しんでいるか、話して聞かせました。そして、それ以来、お姉さんたちは毎晩妹に会いにきました。一度、小さな人魚は遠い沖に、もうずっとながいこと、水面にあがってきていなかったおばあさまの姿も見ました。またべつなときには、頭に王冠をのせた海の王さまの姿も。どちらも彼女に向かって手をさしのばしましたが、お姉さんたちのように、危険を冒して陸に近づくことはしませんでした。

日がたつにつれ、王子はますます彼女を気に入っていき、大切な、賢い子どもを愛するように愛しました。けれど、自分のお妃さまにするという考えは一度も浮かびませんでした。そして、それでも、彼女は彼の妻にならなければならないのでした。そうでなければ永遠の魂を手に入れることができず、王子の結婚式の翌朝に、海の泡になってしまうのですから。

「ほかのみんなよりも、私のことが好きなわけではないの？」王子が彼女を腕に抱き、その美しい額にキスをしているとき、彼女の目はそう問いかけているようでした。

「うん、きみのことがいちばん好きだよ」王子さまは言いました。「だって、きみは誰よりも心が素直だから。誰よりもぼくに献身的だし、それに、前に会ったことのある、でも二度と会えない女の子に似ている。以前、乗っていた船が難破したことがあってね、ぼくは波に運ばれて、ある修道院のそばの陸地に打ちあげられたんだ。そこでは女性たちが神につかえているんだが、いちばん若い女の子が海岸でぼくを見つけて、命を救ってくれた。ぼくは彼女をたった二度しか見ていないんだ。この世でぼくが愛せるのは彼女一人で、きみはすごく彼女に似ているんだ。ぼくの心のなかでは、ほとんどきみが彼女にとってかわってしまったほどだよ。彼女は神につかえる身だからもう会えないけれど、幸運にもきみが現れてくれた――、ぼくはきみと、ずっといっしょにいるよ！」

「ああ！　命を救ったのは私だと、この人は知らないんだわ」小さな人魚は思いました。「水のなかを、修道院のある森まで彼を運んだのが私だということも、彼のうしろで泡に身を隠し、誰かが助けにくるのを見とどけるまで待っていたことも。彼が私よりもっと愛しているというかわいい女の子は、私だったというのに！」小さな人魚は深いためいきをもらしました――泣くことはできませんからね。「王子さまは、あの女の子は神につかえる身だって言ったわ。だったら外の世界にはでてこないから、二人は二度と会えない。でも私は毎日彼のそばにいる。彼のお世話をして彼を愛し、彼に私の命を任せよう」

けれど、そのうち、人々がこんなうわさをしはじめました――王子さまが、隣国の王さまの美しい娘さんと結婚する、と言うのです。だからあんなに立派な船の準備を整えているのだ、と。また、もちろんこうも言われていました。旅は隣国の視察が目的ということになっているけれども、ほんとうの目的はその国の王さまの娘さんに会うことで、王子さまは従者や廷臣の一団をともなっておでかけになる、と。けれど小さな人魚は首をふって笑いました。王子さまの気持ちは、誰よりよくわかっていたからです。
「旅にでなくてはならない」王子さまは彼女に言いました。「美しいお姫さまに会わなくちゃならないんだ、ぼくの両親がそう望んでるから。でも両親は、そのお姫さまを花嫁として連れて帰ってくることを、ぼくに無理強いはできない。ぼくにはその女性は愛せないよ、あのかわいい修道院の女の子に、きみみたいに似ているわけがないんだから。もし花嫁を選ぶなら、ぼくは最初にきみを選ぶよ、表情豊かな目をした、物言わぬぼくの拾い子ちゃんをね！」そして王子は人魚のバラ色の口にキスをし、彼女の長い髪をいとおしげになでて、自分の頭を彼女の胸の上に横たえました。そうされながら、彼女は人間の幸福と、永遠の魂を夢見るのでした。

「きみは海をこわがったりしないだろ、物言わぬぼくのおちびさん？」隣国に向かう立派な船の上に二人で立って、王子さまは彼女にききました。そして、嵐のときの海や凪いでいるときの海のこと、深海にいる珍しい魚のことや、潜水夫たちがそこで見たもののことなどを話して聞かせました。彼女はほほえんだだけでした。海の底のことなら、誰より彼女がいちばんよく知っていましたから。

操舵手以外はみんな眠っている、月の照る真夜中、小さな人魚が船べりに座り、澄んだ水のなかをじっと見おろしていると、お父さんの宮殿が見えたように思いました。塔のてっぺんに、銀のかんむりをかぶったおばあさまが立っていて、速い流れごしに、船の骨組みを見上げていました。それから、お姉さんたちが水面まで泳ぎでてきて、手をもみしぼりながら、悲しげに彼女を見つめました。人魚はお姉さんたちに手をふってほほえみます。すべてうまくいっている、と伝えたかったのです。が、ちょうどそのとき船のボーイがやってきたので、お姉さんたちは、みんな水にもぐってしまいました。ですからボーイは、たったいま自分が目にしたもの——海の上に点々と散らばった、何か白いもの——は、波に浮かんだ泡だったのだろうと思いました。

次の朝、船はとなりの王国の、にぎやかな街の港に入りました。教会の鐘という鐘の音が鳴りひびき、いくつもある高い塔からは、トランペットの音が響きわたります。兵隊たちが、飾り旗と輝く銃剣を持って整列していました。それからは、来る日も来る日も王子さまの歓迎パーティでした。舞踏会や祝賀会がいくつもひらかれましたが、そこに、お姫さまはまだ姿を見せませんでした。遠くにある修道院で教育を受けているそうでした。王女にふさわしい美徳を身につけるために。そして、ついに、そのお姫さまが到着しました。どんなに美しい人なのか知りたくて、人魚も待っていたのですが、実際に目にすると、こんなにきれいな人は見たことがないと認めないわけにはいきませんでした。お姫さまの肌は澄んでいて美しく、長く濃いまつ毛の下から、深く青い無邪気な瞳がほほえんでいます。

「あなただ！」王子さまは叫びました。「岸辺で意識を失っていたぼくを、助けてくれたのはあなただった！」そして、恥ずかしそうに頬を染めた花嫁を抱きしめました。「ああ、なんてうれしいんだろう！」王子さまは、小さな人魚に言いました。「心の底でずっと望んでいた、いちばんの願いがかなった！　ぼくを誰より愛してくれるきみなら、ぼくの幸福をいっしょに喜んでくれるね」小さな人魚は王

子さまの手にキスをして、自分の心ははりさけてしまうだろうと思いました。王子さまの結婚式の翌朝には、人魚は死んで、海の泡になるのです。

あらゆる教会の鐘が鳴りわたり、伝令官たちが馬車で道を駆けめぐって、婚約のニュースをふれまわりました。どの教会の祭壇でも、高価な銀のランプのなかで、香油が焚かれています。牧師たちが吊り香炉をふり、花嫁と花婿は手に手をとって、司教の祝福を受けました。小さな人魚は金のあしらわれた絹の衣装を着て、花嫁のもすそを捧げもっていましたが、彼女の耳に祝祭の音楽は聞こえず、彼女の目に、神聖な儀式は映っていません。人魚は、自分に死を運んでくるはずの夜と、自分の失うすべてのもののことを考えていました。

その日の夕方、花嫁と花婿は船に乗りました。祝砲が鳴り、国旗が風にはためきます。甲板のまんなかには、やわらかな上にもやわらかなクッションが積みあげられた、紫色と金色の、豪華なテントが張られていました。この穏やかで空気のひんやりした夜に、新婚の二人はそのなかで眠るのです。

帆が風を受けてふくらみ、船はゆうゆうとすべりだして、澄んだ水の上を静かに進んでいきました。暗くなると色とりどりのランプが灯され、船乗りたちが、甲板で陽気なダンスを踊ります。小さな人魚の心に、自分がはじめて地上にあがったときに目にした、これとおなじように愉快で華やかだった光景がよみがえりました。ほかの踊り子たちにまざって、自分がどんなにくるくると、何かに追われたツバメが空を舞うように踊ったか、こんなにみごとに踊る人は見たことがないと言って、人々がどんなに感心してくれたか――。人魚はやわらかな足を鋭いナイフで切られるような痛みを感じましたが、心に感じている痛みの方が、ずっと鋭いものでした。これが王子さまを見る最後の機会になるであろうことが、人魚にはわかっていました。この王子さまのために、人魚は家族を捨て家を捨て、かわいらしい声も犠牲にして、絶えまのない痛みに耐えてきたというのに、その何一つ、王子さまは知らないのです！　人魚が王子さまとおなじ空気を吸う、これが最後の夜になるでしょう。深い海や、星のまたたく天上の世界を眺めるのも。物思いに耽ることも夢を見ることもない、果てしなく長い夜が彼女を待ちうけています。彼女には魂がなく、これから得られる望みもなくなったのですから。

船の上では、真夜中を過ぎてもずっと、陽気なお祝いが続きました。人魚も笑ったり踊ったりしましたが、心のなかは死という考えで重く沈んでいました。王子さまはかわいい花嫁にキスをして、花嫁は王子さまの濃い色の髪に指をからませます。そして二人は腕をとりあって、豪華なテントのなかに、眠りにいきました。

やがて、船の上はすっかり静かになりました。ただ一人、操舵手だけが、舵輪の前に立っています。小さな人魚は白い両腕を手すりにかけて、東の空が、夜明けのはじまりを告げるかすかなピンク色に染まるのを見ていました。日がのぼれば自分は死ぬのだと、わかっていました。そのとき、お姉さんたちが、水の上に浮かびあがってきました。みんな彼女とおなじように青ざめていて、でも、長くつややかだった髪がもう風になびいていません。ばっさり切られてしまっていました。

「私たち、魔女に髪をあげなくてはならなかったの。かわりにあなたの命を救う手助けをしてもらうために。だからあなたは今夜死ななくてすむのよ。魔女がナイフをくれたの。ここにあるわ。どんなに刃が鋭いか、見てごらんなさい！　日がのぼる前に、これを王子さまの胸に突き刺さなきゃいけないわ。王子さまの温かい血があなたの足にしたたりおちたら、二本の足はまた一つになって、魚のしっぽに戻るの。あなたはまた人魚になって、私たちといっしょに海の底に戻り、いつか海の泡になるまで三百年生きられるのよ。急いで！　彼かあなたかのどちらかが、日の出の前に死ななくてはならない。おばあさまは悲しんでいらっしゃるわ、白髪がぬけおちてしまうほどよ、ちょうど、私たちの髪が魔女のハサミで切りおとされたようにね。王子さまを殺して私たちのところへ戻ってきてちょうだい！　早く！　空がぼんやり赤くなっているのが見えないの？　もうすぐお日さまがのぼるわ。そうしたらあなたは死ななくちゃならないのよ！」そして、ふしぎな深いためいきとともに、お姉さんたちは波の下に消えていきました。

小さな人魚は、テントにかけられた紫色の布をめくりました。そこには美しい花嫁が、王子さまの胸に頭をのせて眠っています。人魚はかがんで、王子さまの美しい額にキスをしました。空を見上げると、夜明けを告げる赤い光が、さらにあかるくなっています。人魚は鋭いナイフをじっと見つめ、それからもう一度王子さまを見つめると、王子さまは眠ったまま花嫁の名前をつぶやきました。彼の心はこの女の人でいっぱいなのです。小さな人魚の手のなかで、ナイフがこまかくふるえます……、そして、次の

瞬間、人魚はナイフを、赤く光る海の彼方に投げすてました。水面の赤い輝きは、まるで海が血を流しているかのようでした。半ばかすんだ目で、人魚はもう一度王子さまを見て、身をひるがえして船から飛びおりました。そして、自分の体が水に溶けて、泡になるのを感じました。

海からお日さまがのぼります。死んだ冷たい泡にふりそそぐ日ざしはとても暖かくまぶしかったので、人魚はすこしも死んだ感じがしませんでした。輝くお日さまを見ることができましたし、自分の真上を、数えきれないほどたくさんの美しい透明な存在が、くるくるまわりながら漂っているのも見えました。その透明なものたちの向こうに、船の白い帆や、空に浮かぶピンク色の雲も見ることができました。透明なものたちの声は音楽のようなのですが、あまりにも清らかなので、人間の耳では聞きとれません。ちょうど、人間の目ではその存在が見えないのとおなじようにです。つばさもないのに、その透明なものたちは空中に浮かびあがり、なにしろ軽いので、ふわふわとどこまでも高くのぼっていきます。小さな人魚は、自分の体もまたそんなふうであり、じょじょに上昇していて、もはや泡ですらないことに気づきました。

「私はこれからどこに行くの？」彼女はききましたが、その声はほかの透明な存在たちの声とおなじようにあまりにも清らかで、地上の音楽ではおよびもつかないほどでした。

「空気の娘たちのところへよ！」ほかの透明なものたちがこたえます。「人魚は永遠の魂を持っていないし、それを持っている人間の愛を勝ちとれないかぎり手に入れることはできない。人魚の永遠性は、自分以外の誰かの力とともにあるの。空気の娘である私たちも永遠の魂を持っていないけれど、善いおこないをすることによって、それを得られるのよ。私たちはこれから暑い国々に行くの。そこでは地上の人間たちを苦しめる疫病が蔓延していて、いやな空気が立ちこめているわ。私たちはそこに涼しさを届けるのよ。空気を通して花々の香りをふりまいて、人間たちに健康と活力をとりもどさせるの。そうやって、三百年間善いおこないをしつづければ、私たちにも永遠の魂がさずけられ、人間の持つ永遠の幸福を分けてもらえるの。かわいそうな小さな人魚、あなたは全身全霊でそれを求めてきた。苦しんだし、痛みに耐えた。そしていま、空気という存在に昇華した。さあ、これからは自分自身の善いおこないによって、三百年後には永遠の魂を手に入れられるのよ」

小さな人魚はほっそりした両腕を、神であるお日さまに向かってのばしました。すると、そのときはじめて、涙が流れるのを感じたのでした。船の上は、またばたばたと騒がしくなっていました。王子さまとそのかわいい花嫁が、自分をさがしているのが見えました。まるで、人魚がそこに身を投げたことを知っているかのように、二人とも悲しげに、泡立つ海を見おろしています。目には見えませんが、人魚は花嫁の額にキスをして、王子さまにほほえみかけると、ほかの空気の子どもたちといっしょに、空を漂うピンク色の雲の方にのぼっていきました。

「三百年のうちに、神さまの王国にのぼれるのね」

「もっと早いかもしれないわ」仲間の一人がささやきました。「子どものいる人間の家にこっそり入りこんでね、もしそこに、両親に喜びを与え、かわいがられているいい子がいたとするでしょ、そうしたら神さまは、そのたびに私たちの試験期間を縮めてくださるの。私たちが子ども部屋を通っても、子どもたちは気づかないわ。でも、私たちは子どもたちに、ついほほえんでしまう。そうすると、三百年のうちからまるまる一年引かれるのよ！　でも、もしいうことをきかない、性質の曲った子どもを見てしまったら、私たちは悲しみの涙をこぼす羽目になるし、その涙の数だけ、試験期間の日数が増えてしまうの！」

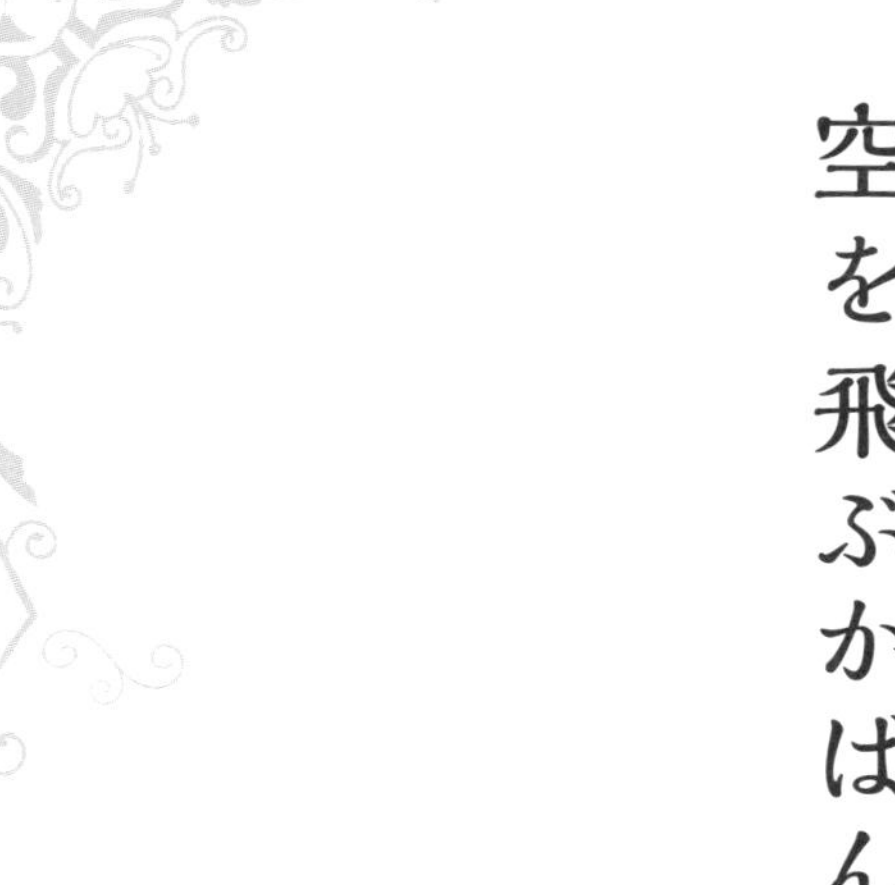

# 空を飛ぶかばん

あるところに、とても裕福な商人がいました。すべての道に――たぶん、細い裏路地もふくめて――銀貨を敷きつめられるくらいお金持ちでした。でも、この人は、そんなことはしませんでした。自分のお金の、もっとべつな使いみちを知っていたからで、それはたとえば、二十シリングになって戻ってくるとはっきりわかっていないかぎり、一シリングも使わない、という方法でした。この人は、そういうタイプの商人だったのです！　そして、そのやり方をつらぬきました――ついに死んでしまった、そのときまでずっと。

彼のお金は全部息子にゆずられましたから、息子は贅沢をたのしみました。毎晩のように仮装舞踏会にでかけたり、紙幣で作った凧をあげて遊んだり、小石のかわりにソブリン金貨を湖に投げて、水切り遊びに興じたりしました。お金を厄介払いするための、手っとり早い方法でしょう。そして、まさにそれが、起こったことでした。しまいにこの息子は、古いスリッパ一足と、部屋着のガウンをのぞくと、たった四シリングしかなくなってしまいました。友人たちにも見向きもされなくなり、みんな、彼といっしょにいるところを誰かに見られることさえいやがりました。でも、たった一人親切な友人がいて、この人だけは、古い旅行かばんをこの息子にくれて、「荷物をつめなさい！」と言いました。ちっともいいアドヴァイスじゃありませんね、この息子には、つめるものなんか何もなかったんですから。そこで、彼は自分で旅行かばんのなかに入りました。

それは風変わりなかばんでした。とめがねをとめるやいなや、飛びたつのです！　それがこのかばんのしたことです！　若い男性をなかに入れたまま高く舞いあがり、煙突を通って雲の上までのぼりつめ、どんどん遠く、さらに遠くへ。かばんの底がぎしぎしきしみつづけましたから、なかの男は、かばんがばらばらにこわれてしまうのではないかとひやひやしました。そんなことになれば、空中に放りだされてしまいます。おいおい、かんべんしてくれ！　けれど、彼は最終的に、無事にトルコにつきました。森のなかの、枯れ葉の山の下にかばんを隠し、彼は街にでたのですが、そこでは、比較的容易に人々のなかにまぎれることができました。トルコ人たちは、みんな彼とおなじような服装、部屋着みたいなガウンにスリッパでしたから。道で、彼は小さな子どもを連れた乳母に会いました。

「おたずねしたいんだが、そこのあなた、トルコの乳母さん」彼は彼女に言いました。「街のはずれにあるあの大きな城、壁のうんと高いところに窓がならんでいる、あの建物はいったい何かな」

「王さまのお嬢さまのお住まいです」乳母はこたえました。「恋に落ちると不幸になると予言されているお嬢さまなので、あの城には、王さまとお妃さまがいらっしゃるとき以外には、誰も入ることができません」

「ありがとう」商人の息子は言い、森に戻ると、旅行かばんのなかに入って、お城の屋根まで飛んでいき、お姫さまの部屋の窓からこっそりしのびこみました。

お姫さまはソファに横たわって眠っていましたが、あまりにも美しかったので、商人の息子はキスをせずにいられませんでした。お姫さまは目をさまし、ひどくおびえましたが、商人の息子が、自分はトルコの神であり、彼女に会いに、特別に空からおりてきたのだと言うと、とても喜びました！　そこで二人はならんで座り、彼は彼女に、彼女の目がどんなふうか語り聞かせました。彼女の両目は、物思いが人魚みたいに浮かんだ、美しく暗い水たまりである（とは彼の弁です）。額についても語りました。それはさながら雪山のようであり、その雪山には、絵画のならぶ、美しい広間があるようだ、と。さらに、かわいらしい赤ちゃんを運んでくるコウノトリについても語り聞かせました。なんて魅力的なお話だったことでしょう！　そして、彼は彼女に求婚し、お姫さまはたちまちハイとこたえました。

「でも、あなたは土曜日にここにきてくださらなくてはなりません」彼女は言いました。「王さまとお妃さまが、午後のお茶を召しあがりにいらっしゃるのです。私がトルコの神さまと結婚すると聞いたら、さぞお喜びになるでしょう。でも、どうか、ほんとうにすてきなお話を聞かせてあげてくださいね。私の両親は、無類のお話好きなんですから。母は、道徳的な、洗練されたお話が好みですが、父は、笑っちゃうような愉快なお話を好みます」

「大変けっこう」彼は言いました。「結婚の贈り物として、お話以外のものをぼくは持っていませんから」こうして、二人はいったん別れました。そのとき、お姫さまは彼に一そろいの剣を贈ったのですが、そこには金貨も数枚そえられていて、これは、彼にとってとても助かる贈り物だったにちがいありません！

商人の息子は城から飛びさり、新しいガウンを買いました。それから森に戻って座りこみ、王さまとお妃さまのためのお話を考えます。土曜日までに考えなくてはなりませんし、これは、決してやさしいことではありませんでしたが、ついに土曜日になったとき、彼には、お話の準備がちゃんとできていました。

王さまとお妃さまと宮廷じゅうの人々が、お姫さまとのお茶の席で待っていて、この若い男性は、最高にうやうやしくもてなされました。

「お話を聞かせてくださるのよね」お妃さまが言いました。「意味深くて、ためになるお話を」

「だが、同時に笑えるやつでなくてはいかん」王さまが言います。

「はい、承知しております」商人の息子はこたえ、語りはじめました。どんなお話だったのか、耳を傾けてみましょう。

むかし、あるところに、とても高貴な家柄の出であることを、自慢にしているマッチの束がいました。家系図によれば、このマッチ棒たちはみんな、森でいちばん背が高くて立派な一本の木からできていたのです。さて、このマッチたちはいま、棚の上、火口箱と古い鉄なべのあいだに横たわり、その二つを相手に、自分たちの若かったころのことを語り聞かせていました。「ぼくたちがみんな緑の枝だったころは、ほんとにすてきな生活だった。毎朝毎晩ダイヤモンドのお茶――草木におりる露のことだよ、わかると思うけど――を飲み、いちんちじゅう日が照っていて――お日さまがでてる日はってことだけど――、小鳥たちのさえずりに耳を澄ませたものさ。ぼくたちの一族が豊かだってことは、誰の目にもあきらかだったはずだよ。ほかの木たちはみんな夏しか緑の葉をまとえなかったけど、ぼくたちは夏も冬もまとってたからね。だけど、そこに木こりたちがやってきて――大いなる変革ってやつさ、わかるだろ――、ぼくたち家族はばらばらにされた。幹は、すばらしい船のメインマストという地位を手に入れた。その気になれば世界じゅうを航海できるような船さ。ほかの枝たちは、いろんなところに別れていった。で、ぼくたちは一般民衆に火をつけさせてあげる役目をもらったわけだ。ぼくたちみたいに上等な血筋の木が、こんな台所に流れついたのはそういうわけだよ」

「私の人生はちょっとちがうな」マッチのとなりにいた鉄なべが言いました。「この世に生まれた瞬間から、私はごしごしみがかれたり、数えきれないほど火にかけられたりしてきた。人々に必要とされ、人々の役に立ってきた。家庭の中心にいると言ってもいい。そんな私のたのしみは、テーブルがきれいに片づけられたあと、こうして棚に整然と座って、仲間たちと分別ある会話をすることだ。なぜなら、しょっちゅう庭にだされる水くみバケツなんかとはちがって、我々は室内に暮らす種族だからね。外の世界のニュースは買物かごだけがもたらしてくれるんだが、あいつは政府とか国家とかについて、やたらに不安をあおるようなことを言いたてる。ごく最近も、古い陶器の壺がびっくりしてひっくりかえり、こなごなに割れてしまった。あの買物かごのやつは問題だよ、それははっきり言える！」

「それはいいすぎです」火口箱が言い、火打ち石にはがねを打ちつけたので、火花が散りました。「たのしい夜を過ごしましょうよ」

「それがいい」マッチたちも言いました。「このなかで、いちばん血筋のいいのは誰かを話しあおうじゃないか」

「いいえ、あたし、自分のことなんてお話ししたくありません」ポットが言いました。「みんながたのしめる夜にしたいですもの。あたしからはじめますね、みなさんのよくご存知なことをお話しします。そうすればみんな共感できますし、おもしろいですもの。――バルト海の近く、デンマークの海岸の木立ちのまんなかに……」ポットが語りはじめます。

「すばらしいはじまり方だ！」お皿がさえぎりました。「これはまちがいなくおもしろそうな話だぞ！」

「ええ、そうですわ。で、そこはあたしが子ども時代を過ごした場所で」ポットは続けます。

「なんておもしろい話し方をするひとだろう」羽根ボウキが言いました。「語り手が女性だってことがすぐにわかるよ。何かとっても純粋で上品なものを感じる」

「うん、ほんとうだね、みんなそう感じると思うな」水くみバケツも言い、喜びのあまりちょっとジャンプしましたので、床にぱしゃんと水がはねました。

ポットは話しつづけ、そのお話のおしまいは、はじまりとおなじくらいいいものでした。お皿たちは感激してかちゃかちゃとうちふるえ、羽根ボウキは、パセリをすこし床のくぼみから掃きだして、花環がわりにポットの頭にのせました。みんなにやきもちを焼かせようとしたのです。「それに」と、羽根ボウキは考えました。「それに、もしきょう彼女に花環をあげれば、あしたは彼女がぼくに花環をくれるかもしれない」と。

「さあ、今度は私がダンスをするわ」火バサミが言い、踊りはじめます！　おやまあ、なんと！　彼女が二本の足を高々とけりあげる様子といったら！　すみっこにいた古い椅子カバーなどは、見ているだけで破けてしまったほどです！

「私も花環がもらえるかしら？」火バサミはたずね、望みどおりパセリをのせてもらいました。

「下品な下層階級！　どいつもこいつもそれだ！」マッチたちは思いました。

紅茶沸かしが一曲歌うように頼まれましたが、ちょうど風邪をひいていて、沸騰しないと歌えないそうでした。けれどもそれはただの言い訳で、ほんとうは、ちょこんとテーブルの上にのり、ご主人夫妻に見守られているときにしか歌いたくないのでした。

窓敷居の上に、ふだんメイドが使っている古いペンがおいてありました。いつもインクの壺に深くつっこまれすぎることをのぞくと、どことい って特別な点のないペンでしたが、インクでびしょびしょになっていることを、本人はとても誇りに思っていました。

「紅茶沸かしが歌わないなら、ほっときなよ」そのペンが言いました。「おもての鳥かごにはナイチンゲールがいる。きっと歌ってくれるよ。そりゃあ正式に習った歌じゃないけど、今夜はそんないじわる、誰もいわないよね」

「そんなのまったくふさわしくないと思うわ！」紅茶用のやかんが言いました。このやかんは台所の歌姫で、紅茶沸かしの、半分血のつながった姉妹でもあります。「外国の鳥の歌を聴くなんて、愛国的といえる？　買物かごに判断してもらいましょう」

「憤慨しますよ！」買物かごは言いました。「私がどんなに憤慨しているか、みなさんにはわからないでしょうね！　夜の過ごし方として、これがふさわしいとはとても思えないわ。家のなかには、もっと秩序があった方がよくはなくて？　みんながきちんと自分の居場所に戻ってくれたら、正しいたのしみ方を私がお教えします。それこそ、私たちがいますべきことですよ！」

「よし、じゃあ本格的にやろうじゃないか！」みんな、声をそろえて叫びます。けれど、ちょうどそのときドアがあきました。メイドです。みんなしんと静まりかえり、物音ひとつ立てません。でも、心のなかではみんなそれぞれに、自分こそ特別な存在であり、だから何かできたはずだと考えずにいられませんでした。「自分さえその気になれば、」と、みんな思っていました。「そうしたら、ほんとうにたのしい夜になったはずなのになあ！」

メイドはマッチを手にとると、それをすって火をつけました。すると、まあ、ごらんなさい！　マッチたちはシュッという音を立て、赤々と燃えたちました！「さあ」彼らは思いました。「これでみんなにも、ぼくたちが最高品質のマッチだってことがわかるだろう！ なんて美しい炎をぼくたちはつくりだしていることか！ ああ、なんてまぶしいんだろう！」そして、それを最後に、みんな燃えつきてしまいました。

「なんてすてきなお話でしょう」お妃さまが言いました。「わたくし、そのマッチたちといっしょに、ほんとうにその台所にいるような気持ちがいたしましたよ。ええ！ ぜひともあなたに娘と結婚していただきたいわ」

「そうだとも」王さまも同意しました。「うちの娘と、ぜひ月曜日に結婚してくれたまえ」そうと決まると、お二人とも、この若い男性を家族のようにあつかいました。

こうして結婚式の日どりが決まり、その前の晩には、街じゅうが美しく飾りつけられました。甘いパンやプレッツェルがばらまかれ、路上の少年たちはみんなつまさき立ちになって、「ばんざい」と叫んだり、指笛を鳴らしたりします。それはもう、豪華でにぎやかなお祭り騒ぎでした。

「これは、ぼくも何か特別なことをした方がよさそうだな」商人の息子は思いました。そこで、打ちあげるものや手で持つものや、ありとあらゆる種類の花火を思いつくだけ全部買って、旅行かばんにつめると空に飛ばしました。

しゅるしゅるしゅる！　どどどどどん！　ぱちぱちぱち！　大きな音を立て、燃えあがり、はじけます！　地上で見ていたトルコ人たちは、みんなぴょんぴょん飛びはねて、脱げたスリッパが顔のそばまで舞いあがりました。こんなに華々しい色と光の見せ物を、彼らは生まれてこのかた見たことがなかったのです。それで、お姫さまと結婚するのはほんとうにトルコの神さまなのだと、心から納得しました。

旅行かばんが森に落ちてくるとすぐに、商人の息子はこう思いました。「街に行って、どんなことになっているか見てみよう」知りたくなるのも無理はありません。

ああ！　街の人たちの言うことといったら！　彼がたずねたどの人も、あの特別な見せ物を、それぞれのやり方で嬉々として描写しました。誰もがみんな、うっとりとしていたのです。

「トルコの神さまをこの目で見たよ！」一人はそう言いました。「きらきら輝く目をしていて、泡立つ水みたいなあごひげをはやしていたよ」

「炎のマントを着て空を飛んでいた」べつの一人は言いました。「そして、最高にかわいい子どもの天使たちが、そのマントのすきまからのぞいていたんだ」

こういう、美しくてうれしい言葉を彼はほかにもたくさん聞きました。おまけに、あしたは自分の結婚式なのです。森へ戻り、商人の息子は旅行かばんに入ろうとしました……が、かんじんのかばんが見つかりません。燃えてしまったのです。あの花火から、大きな火の粉が一つ燃えうつり、かばんをすっかり灰にしてしまっていました。彼はもう二度と空を飛べません。二度と花嫁にも会えないでしょう。お姫さまは一日じゅう屋根に立って彼を待っていました。いまでも待っています。ところで、商人の息子はどこにいるのでしょう？　彼はいま、世界じゅうを旅してお話を語り聞かせています。が、彼の語るお話はどれも、あのマッチの話の半分もおもしろくないのです！

# シャツの衿（えり）

あるところに、立派な紳士がいました。この人は、靴脱ぎ板と櫛しか財産を持っていませんでしたが、世界でいちばんきれいなシャツの衿を持っていました。これから私たちが聞こうとしているのは、このシャツの衿のお話です。

このころには、衿はちょうど、お嫁さんをもらうのにいい年ごろになっていました。そして、洗濯桶のなかで、たまたま靴下どめと出会ったのでした。

「なんてことだ！」衿は言いました。「こんなにほっそりした、こんなに優雅な、こんなにチャーミングで繊細な人には会ったことがない。お名前をうかがってもいいですか？」

「お教えする気はありません」靴下どめは言いました。

「どちらからいらしたんですか？」衿はたずねましたが、恥ずかしがり屋の靴下どめは、こたえるには個人的すぎる質問だと思ってこたえませんでした。

「あなたはたぶん、ある種のベルトですよね」衿は言いました。「おそらく下着だ。実用的であると同時に装飾的でもあるものだとお見受けしましたよ、かわいいお嬢さん」

「気安く話しかけないでください！」靴下どめは言いました。「そうしていいといったおぼえはありません」

「もし誰かがあなたくらい美しければ、」衿は言いました。「それが、話しかける十分な理由になります」

「近くにくるのはやめてください」靴下どめは言いました。「あなたはちょっと強引すぎます！」

「ぼくは立派な紳士でもあるんですよ」衿は言いました。「靴脱ぎ板と櫛を持っています」これはほんとうではありませんでした。それらは衿の持ち主のものですから。でも、衿はちょっと自慢したかったのです。

「お願いですから近くにくるのはやめてください」靴下どめはもう一度言いました。「そういうの、慣れていないんです」

「お堅いおすまし屋だなあ！」衿は言いました。ちょうどそのとき、どちらも洗濯桶からとりだされました。のりづけされ、日なたの椅子にかけて干されます。それからどちらもアイロン台にのせられたのですが、そこに熱いアイロンがやってきました。

「女主人さま！」衿はアイロンに、訴えかけるように言いました。「かわいい未亡人の女主人さま、ぼく、すっかり熱くなってしまった！　さっきまでとはすっかりちがう気分だ！　ぼくの折り目に何が起きたんだろう！　ぼくを焼きこがすおつもりですか？　ああ、ぼくの妻になってくれますか？」

「ぼろきれ！」アイロンは言い、衿の上を誇り高く通ります。列車を引っぱって線路を走る、蒸気機関車になったつもりなのです。

「ぼろきれ！」彼女はくりかえしました。

そうこうするうちに、衿は端がすりきれて、ほつれてきました。するとハサミがやってきて、そのほつれ糸を切りとりました。

「おお！」衿は、ハサミを一目見るなり言いました。「あなたは一流のバレリーナにちがいない。なんてよく脚がひらくんだろう。こんなにチャーミングなものは見たこともない！　あなたにつりあうだけの相手なんて、世界のどこにもいるはずがない！」

「ええ、知ってるわ」ハサミは言いました。

「あなたなら、伯爵夫人にだってなれるでしょうね」衿は言いました。「一方、ぼくの持ちものといったら、立派な紳士が一人に靴脱ぎ板が一枚、櫛が一本ときている。ぼくに爵位さえあったらなあ！」

「まさか私に求婚しようって言うんじゃないでしょうね、ありえないわ」ハサミは言いました。とても怒っていましたから、つい衿をざくりと切ってしまい、衿はもう使いものにならなくなりました。

「もしかして、ぼくは櫛に求婚すべきなのかな」衿は言いました。「歯が全部残っているなんて、すごいことだよ、かわいいお嬢さん。婚約について考えたことはある？」

「ええ、もちろん！」櫛はこたえました。「ご存知かもしれないけど、私、靴脱ぎ板と婚約しているの」

「婚約している！」衿は言いました。これで、求婚できる相手はもう誰も残っていません。衿は、結婚について考えるのをやめました。

ながい時間がたち、シャツの衿は、ほかのたくさんのぼろきれたちといっしょに、製紙工場の袋のなかにつめられていました。粗悪な品質のものとは区別され、紙になるのにふさわしい、いい素材だけが集められていました。このぼろきれたちにはみんな、話すことがたくさんありました。とくに衿には。なんといってもこの衿は、正真正銘の大口たたきでしたから。

「ぼくにはおそろしくたくさんの恋人がいたんだ」衿は言いました。「休むひまもないほどだったよ。当時のぼくはイケてる紳士で、ぱりっとのりがきいていたからね！　靴脱ぎ板と櫛も持っていたんだ、使ったことはないけどね。ああ、見せてあげたかったよ、折り目正しかったころのぼくを——そりゃあ優雅に見えたもんだよ！　最初の恋は忘れられない！　彼女はベルトだったんだ、そりゃあもう上品で、やわらかくてやさしかったよ！　彼女はぼくのために、洗濯桶に身を投げたんだ。未亡人もいたな、情熱で赤々と燃えてた！　だけどぼくが無視したらショックで気を失い、輝きも失せてしまったっけ。それから一流のバレリーナもいたな、彼女につけられた傷はいまでも痛むよ。かなりおそろしい女性だったからね！　ぼくの櫛はぼくに首ったけだった。でも失恋して、歯がみんなぬけちゃったんだよ。ああ、そのとおり！　そういうあれこれをぼくはくぐりぬけてきたんだ！　だけど、いちばんつらかったのは靴下どめとのことだな——あ、ベルトのことだけど。洗濯桶に身投げしちゃうなんてさ。うん、ほんとうに気がとがめたよ。ぼくは白い紙にされて当然なのかもしれないな！」

そして、まったくそのとおりのものに彼はなったのでした。ほかのぼろきれたちもみんな白い紙になったわけですが、あの衿は、まさにこの、いまあなたの前にある紙になったのです。この物語が印刷されている、この紙に。ありもしないことをあとからあんまり自慢したために、それが印刷されてしまったのです。この衿みたいなことをしてはいけないと、みんな肝に銘じるべきでしょう。私たちだって、いつぼろきれにされて白い紙になり、そこに自分のことが何もかも印刷されないともかぎりませんから——ええ、うんと個人的なことまでね！　そうなれば、あちこちさまよい歩いて、みんなに読まれることになります。まさに、このシャツの衿のように！

# お姫(ひめ)さまと豆

あるところに、お姫さま——ほんものの、まごうかたなき真実のお姫さま——と結婚したいと望んでいる王子さまがいました。そこで、王子さまは世界じゅうを旅してまわり、そういうお姫さまをさがしたのですが、いつも何かがちがう気がするのでした。というのも、お姫さまはあちこちにたくさんいるのですが、その人たちがほんとうにほんもののお姫さまかどうかとなると、王子さまにははっきりとはわからなかったからです。どのお姫さまと会っても、これだという決め手に欠けました。旅から戻った王子さまは悲しみに沈みました。どうしても、ほんもののお姫さまと結婚したかったのです。

ある夜、おそろしい嵐がきました。かみなりが鳴りひびき、いなずまが光り、雨はどしゃぶり、じつにすさまじい嵐でした。その嵐のさなかにお城の玄関ドアを激しくたたく音が聞こえ、年とった王さまがみずからドアをあけにいきました。すると、ドアの外に、お姫さまが立っていました。けれど、まあどうでしょう、風に吹かれ、雨に打たれたそのお姫さまの様子といったら！　髪からも服からも水がしたたり、靴のつまさきから入った水が、かかとからざあざあとこぼれています。それなのにこの人は、自分がほんもののお姫さまだと言うのでした！

「すぐにわかることですよ！」

年とった女王さまは思いましたが、その濡れた女の人には何もいいませんでした。女王さまは予備の

寝室にあがっていくと、ベッドから寝具をすっかり引きはがし、豆を一粒、ベッドの台におきました。そこに二十枚のマットレスをのせ、さらにその上に二十枚の羽根ぶとんを重ねます。

このベッドで、お姫さまは一晩過ごすのでした！

翌朝、お姫さまに、よく眠れたかどうかたずねました。

「ああ、ひどいことでした！」お姫さまはこたえました。「一晩じゅう、まんじりともできませんでした。いったい何がベッドに入りこんでいたのかわかりませんけれど、でも、たしかに何かとても固いものがあったんです。だって、私、体じゅうあざだらけになりましたもの。いやなことでしたわ！」

これで、彼女がほんもののお姫さまだということがわかりました。二十枚のマットレスと二十枚の羽根ぶとんを通して一粒の豆を感じられるのなんて、とことんほんもののお姫さまだけですからね。ほんもののお姫さま以外のいったい誰が、そんなにやわらかい肌をしているでしょうか。

たしかにほんものだとわかりましたから、王子さまはこのお姫さまと結婚しました。あの豆はどうなったかというと、博物館に展示されていますから、もし誰かに持ちさられていなければ、いまでも見ることができます。

これ、ほんとうにあったお話なんですよ！

# 大クラウスと小クラウス

むかし、あるところに、おなじ村に住むおなじ名前の二人の男がいました。どちらもクラウスという名前でした。が、一人は馬を四頭持っていて、もう一人は一頭しか持っていませんでしたので、人々は馬を四頭持っている方を大クラウス、一頭しか持っていない方を小クラウスと呼びわけていました。では、二人がどんなふうにやっていたか見てみるとしましょう。実際、かなりおもしろいお話ですから。

平日のあいだは一週間ずっと、小クラウスが大クラウスに、一頭だけの自分の馬を貸さなくてはなりませんでした。大クラウスの畑を耕させるためです。そのかわり、大クラウスは自分の四頭の馬を連れて、小クラウスが畑を耕すのを手伝いにきます――が、それは週に一日、日曜日にだけでした。そして、小クラウスが日曜日になるたびに、その日だけは自分のものになる五頭の馬に、ムチをふるって働かせようとする姿はほんとうに見ものでしたよ！　太陽はあかるく輝き、教会の鐘が澄んだ大きな音で鳴りわたり、人々は日曜日の晴れ着を着て讃美歌集を腕に抱え、教区牧師のお説教を聴きに、教会に向かって歩いていきます。そのとき誰もがみんな、小クラウスが五頭の馬にムチをふるっているところを目にすることになります。小クラウスはムチを〝びゅん、ばしん〟と鳴らすのがうれしくて、こんなふうに叫びます。「そら、がんばれ！　おれの馬たちよ！」

「その言い方はやめろ」大クラウスは注意します。「おまえの馬は一頭だけなんだから」

けれど教会に行く誰かがそばを通るたびに、小クラウスは注意されたことを忘れてしまい、「そら、がんばれ！　おれの馬たちよ！」と叫ぶのでした。

「その言葉はいますぐやめろ。聞こえたのか？」大クラウスはまた注意しました。「あと一度でもおなじことを言ったら、おまえの馬の頭をくだいて殺すからな。そうなったらおまえの馬はいっかんの終わりだぞ」

「もう言わないよ、約束する」小クラウスは言いました。けれど、人々がそばを通ってうなずきながら、「ごきげんよう」と言ったりすると、小クラウスはうれしくなり、五頭もの馬を御していることが誇らしくなって、びしんばしんとムチをふるっては、「そら、がんばれ！　おれの馬たちよ！」と叫んでしまうのでした。

「馬の御し方をおれが教えてやる」大クラウスは言い、木槌をとりだすと、小クラウスの一頭だけの馬の頭に力いっぱいふりおろしました。馬はどうと倒れ、その場で死んでしまいました。

「ああ、なんてことを」小クラウスは悲痛な声をあげました。「これでおれには馬が一頭もいなくなってしまった」そして泣きはじめました。けれど、そうながくは泣いていませんでした。彼は死んだ馬の皮をはぎ、それを風にさらして乾かしました。それからその皮をかばんに入れて、肩にかつぐと、いちばん近い町に売りにでかけます。

とても長い道のりでした。ひどく暗い森を通らなければならなかったばかりか、突然の激しい嵐にも見舞われ、小クラウスは暗闇のなかですっかり方向がわからなくなってしまいました。あちこち歩きまわった末、大きな農家の前にでました。もう夜になっていましたから、よろい戸はみんな閉められていたのですが、上のすきまから、小さなあかりがもれているのが見えました。

「一晩泊めてもらえるかもしれない」小クラウスはそう考えて、農家に近づき、ドアをたたきました。

農夫の妻がドアをあけました。が、彼が泊めてほしいと言うと、「家に入れるわけにはいかないわ。夫が留守なので、お客はお断りよ」と言って、彼の目の前で、ドアをばたんと閉めました。

小クラウスがあたりを見まわすと、そばに干し草の山があり、その山と農家の母屋のあいだには、屋根の平らな、藁ぶきの納屋がありました。

「あの上で寝られるな」小クラウスは、納屋の屋根を見上げて思いました。「いいベッドになりそうだ。あのコウノトリがやってきて、足をつつかれるとも思えないしな」(なぜって、屋根の上には本物のコウノトリがいたんです。そこに巣を作っていたんですね。)

そこで彼は納屋の屋根に上り、横になると、体をもぞもぞ動かして、寝心地のいい体勢を作りました。そのとき、母屋の窓のよろい戸が、いちばん上だけ、完全には閉まっていないことに気がつきました。そこからなかがのぞけるのです。ですから彼はのぞいてみました。

まず見えたのは、ごちそうのならんだ大きなテーブルでした。ローストした肉、赤ワイン、それにおいしそうな魚もあります。農夫の妻と教区牧師がテーブルについていて、彼女が彼のグラスを満たし、彼は魚を自分で皿にとっていました。ずいぶんたくさんとっているように見えます。

「あれをちょっと分けてもらえたらなあ」小クラウスは思いながら、できるだけ窓のそばに寄ろうとして首をのばしました。「おいおい！　すごいケーキだぞ！　なんてすばらしい食事をしているんだろう、この二人は」

ちょうどそのとき、おもての道から馬のひづめの音が聞こえました。音はどんどん近づいてきます。この家の主人が帰ってきたのです。この人はじつに立派な人物なのですが、ひとつだけ奇妙な弱点があって――、教区牧師の顔を見ることに耐えられないのです。誰かが教区牧師をちょっと話題にしただけでも、狂ったように怒りだします。それが、牧師がわざわざ夫の留守のあいだに、妻に会いにきた理由でしたし、妻がわざわざ夫の留守のあいだに、牧師をごちそうでもてなそうとした理由でもありました。ですから、夫が帰宅した音が聞こえると、彼らは二人ともすくみあがり、妻は教区牧師に、部屋のすみにある、大きなからっぽの衣装箱のなかに隠れるように言いました。牧師は大急ぎで隠れ、農夫の妻は大急ぎでごちそうとワインをオーブンのなかに隠しました。もし夫がそんなごちそうを見れば、どういうことなのか知りたがるにちがいありませんでしたから。

「おやおや、残念だなあ」ごちそうがみんなオーブンのなかに片づけられてしまったのを見ると、藁のベッドの上で、小クラウスはためいきをつきました。

「誰だい？　そこにいるのは」農夫が、小クラウスを見上げて呼びかけました。「なぜそんなところに寝ているんだ？　こっちにきて、家のなかに入ったらどうだね」
小クラウスは、嵐にあったことや道に迷ったことを話し、一晩泊めてもらえないかと頼みました。

「もちろんかまわないとも」農夫は言いました。「でも、まずは夕食といこう」

農夫の妻は、玄関に立った小クラウスと自分の夫を目にすると、今度はとても感じよく小クラウスを招きいれました。長いテーブルに布をかけ、大きなボウルにおかゆをよそって二人の前におきます。農夫は旺盛な食欲でたべはじめましたが、小クラウスはどうしても、ローストした肉や魚やワインやケーキ、オーブンのなかにあるとわかっているごちそうのことが頭から離れません。ところで、テーブルの下、彼の足もとには、馬の皮の入ったかばんがおいてありました。彼がそのかばんをけると、乾いた皮がきしんで、ギュギュッと大きな音を立てました。

「しーっ」小クラウスは言い、何かをじっと聞くふりをして、もう一度かばんをけりました。今度はもっと大きな音がでました。

「なあ、あんた」農夫は言いました。「その下に何がいるんだね？」

「ああ、これはうちの魔法使いです。かばんのなかで飼っているんです」小クラウスはこたえました。

「彼はおかゆを食べることなんかないって言うんですよ。魔法で、ここのオーブンのなかに、ローストした肉や魚やケーキやワインをたっぷりだしてあるからって」

「なんだって？」農夫は叫び、オーブンに駆けよりました。あけると、妻が隠したおいしそうなごちそうがならんでいます。彼はそれを、魔法使いが魔法を使ってだしてくれたものだと、すっかり信じこみました。農夫の妻は何も言いませんでした。黙ってごちそうを全部テーブルにならべましたから、農夫も小クラウスも、好きなだけ自分のお皿にとることができました。心ゆくまでたべてのむと、農夫はかなり陽気になって、こうたずねました。

「あんたの魔法使いはほかにどんなことができるんだい？　悪魔を呼びだしたりなんかもできるんじゃないかね？　そういうのを見てみたいもんなんだが」

「ああ、ええ」小クラウスは言いました。「うちの魔法使いは、ぼくが頼めばなんでもしてくれます――そうだよな？」そして、かばんをもう一度けりました。「いま、『はい、そのとおりです』ってこたえたのが聞こえましたか？　でも、悪魔ってやつは見てたのしいものじゃないですからね、ぼくだったらわざわざ見たくはないなあ」

「いや、私はこわくないね」農夫は言いました。「実際のところ、悪魔ってのは、どんな外見のものなんだい？」

「そうですね、ぼくの知るかぎり、教区牧師みたいな見かけで現れることが多いですね」

「うへ」農夫はぎょっとして、へんな声をだしました。「教区牧師は見るのもイヤだ。しかし、問題はない。それが悪魔だとわかっているかぎりはだいじょうぶだ。もともと勇敢なたちでね――まあ、だからといって、そいつを私にあんまり近づかせないでおいてほしいが」

「そういうことなら魔法使いに頼んでみましょう」小クラウスは言い、かばんをけってかがみこむと、耳を傾けるふりをしました。

「なんて言っているんだね？」農夫はききました。

「こう言っています。『すみの衣装箱のところに行けば、なかに隠れている悪魔が見つかるだろう』って。でも、ふたはしっかりつかんでいてくださいよ、なかから悪魔がすべりでてくるといけないから」

農夫は衣装箱に近づき、ふたを持ちあげてなかをのぞきこみました。

「うへっ」叫び声をあげ、あとずさりします。「ほんとうに教区牧師にそっくりだ。なんとおぞましい！」それから二人は心を落ちつかせるために、さらにもっとワインをのみました。さらにもっと、じつのところ一晩じゅう。

「相談だが、あんたの魔法使いを私に売ってもらえないだろうか」農夫は言いました。「金はいくらでも払う――大きな枡にいっぱいだって払うから」

「だめです！」小クラウスは言いました。「彼はぼくのためになんでもしてくれるんですから」

「そこをなんとか」農夫は懇願します。「私はもうどうしたってその魔法使いがほしいんだ。そのためなら何をさしだしたって惜しくない」

「まあ、そうまでおっしゃるのなら」小クラウスは言いました。「あなたはぼくを泊めてくださって、とても親切だったし、枡いっぱいのお金で、うちの魔法使いをおゆずりします。ただし、大きな枡に、ほんとうにぎっしりいっぱいのお金じゃないとだめですよ」

「もちろんだとも」農夫は言いました。「だが、頼むからあの衣装箱もいっしょに持っていってくれ。我が家に、あれはもう一瞬たりともおいておきたくない。悪魔が、まだなかに入っているかもしれないんだから」農夫は、ふるえながらそうつけくわえました。

小クラウスは、干した馬の皮の入ったかばんを農夫に渡し、かわりに、大きな枡いっぱいのお金を受けとりました。ほんとうに、ぎっしりいっぱいのお金です。おまけに手押し車ももらいました。お金と衣装箱を運べるように。

「では、ごきげんよう」小クラウスは荷車をおして出発しました。荷車にはお金と衣装箱、衣装箱のなかには教区牧師！

やがて、森の反対側、深くて流れの速い川のある場所につきました。川には、新しい立派な橋がかかっています。小クラウスは、教区牧師にも聞こえるように大きな声で、こう言いました。「さて、このおんぼろ衣装箱をどうしようかな。ぼくには必要のないものだからな、川に投げすてて処分するのがいいだろうな」そして、箱の片端をつかみ、ほんのすこし持ちあげました。

「だめだ！　やめてくれ！」箱のなかから教区牧師が叫びます。「だしてくれ！　私をここからだしてくれ！」

「うわあ！」小クラウスは、おびえたふりをしてわめきました。「悪魔がまだなかにいるぞ！　こいつが外にでてくる前に、早く箱を川に沈めてしまわなくては」

「ああ、やめてくれ！」教区牧師は懇願します。「ここからだしてくれたら、大きな枡いっぱいの金をやるから」

「それなら話はべつだ」小クラウスは言うと、箱をあけて、牧師をだしてやりました。それから衣装箱をおして川に沈めたのですが、そのあいだに教区牧師は家に駆けて帰り、枡いっぱいのお金を持って戻ってきました。

「ぼくの馬で、かなりいい金もうけができちゃったな」家に帰った小クラウスは、お金を数えながらそうひとりごとをつぶやきました。「ぼくがあの馬のおかげでどんなに金持ちになったか知ったら、大クラウスはおもしろくないだろうな」

それからすぐ、大クラウスのところへ使いの少年をやって、枡を一つ貸してほしいと言わせました。

「そんなものを、あいつはいったい何に使うんだ？」大クラウスはふしぎに思い、枡の底に、タールをほんのすこしくっつけました。そうすれば、何であれ小クラウスの量ろうとしたものがそこにくっつくと思ったのです。そして、ほんとうにそのとおりになりました。大クラウスの元に戻ってきた枡の底には、ぴかぴか光るフローリン銀貨が三枚、くっついていたのです。

「これはいったいどういうことだ？」大クラウスは言い、小クラウスの家に駆けつけて、「こんな金を、いったいどこから手に入れたんだ？」とききました。

「ああ、きのう、あの馬の皮を売ったんだよ」

「ずいぶん高く売れたんだな」大クラウスは言いました。そして、急いで家に帰ると斧をとりだし、自分の馬を四頭全部たたき殺しました。四頭全部の皮をはぎ、町に売りにでかけます。

「皮だよ、馬の皮だよ！　誰かおれの馬の皮を買わんかね？」あちこち歩きまわりながら叫びました。なめし革職人や靴職人たちが飛びだしてきて、いくらかとたずねます。

「一枚につき、大きな枡いっぱいの金だ」大クラウスはこたえます。

「大きな枡にいっぱいの金だって？」職人たちはみんな、驚いて叫びました。「頭がおかしいんじゃないか？」「おれたちをばかだと思ってるのか？」そして、それぞれ身につけていた革ベルトや革の前かけをはずし、彼をそれで打ちすえながら、町の外に追いたてました。

「二度とくるなよ！」職人たちは叫び、大クラウスは大あわてで逃げ帰ります。こんなふうに誰かに打ちすえられたのは、はじめてのことでした。

家に帰りつくと、その夜、彼は怒りでいっぱいでした。「小クラウスのせいだ」ぶつぶつつぶやきます。「命でつぐなってもらう。あいつを殺してやる」

ちょうどそのころ、小クラウスの年老いたおばあさんが、息を引きとったところでした。ほんとうのことを言うと、小クラウスにあまりやさしくないおばあさんだったのですが（ときどき、かなりいじわるにもなりました）、それでもやはり、小クラウスはおばあさんを気の毒に思い、死体を自分の温かなベッドに横たわらせて、もしや生きかえるのではと、はかない望みを抱いていました。おばあさんを一晩じゅうそこに寝かせて、自分は部屋のすみの椅子に座って眠りました。

真夜中にドアがあき、斧を持った大クラウスが、こっそり入ってきました。まっすぐにベッドに行き、死んだおばあさんの頭を見て小クラウスだと思いこみ、斧をふりおろしました。

「よし、これであいつも終わりだ。もう二度とおれをばかにすることはできないぞ」大クラウスはつぶやき、家に帰っていきました。

「おやおや」小クラウスは言いました。「なんていやな、ひどいやつだろう！　ぼくをたたき切ろうとしたんだな。おばあさんがすでに死んでいてよかった。生きていたら、あいつに殺されることになったんだから」

小クラウスは、おばあさんに日曜日の晴れ着を着せ、近所の人から馬と馬車を借りると、スピードをだしてもどさりと落ちたりしないように、老女をうしろの席にしっかり寄りかからせて座らせ、森をぬけてでかけました。日がのぼるころ、一軒の宿屋についたので、彼はなかに入って、ちょっと何かたべることにしました。この宿のあるじは大変裕福で、たいていの場合、とても感じのいい人物でしたが、たまにひどく短気になって、癇癪を爆発させることがありました。

「おはようございます」宿のあるじは小クラウスに言いました。「きょうはお早いおでかけですね。それに、晴れ着を着ていらっしゃる」

「そうなんだ」小クラウスは言いました。「おばあさんと町に行くところなんだよ。彼女はいま、馬車のうしろの席に座ってる。宿屋のなかには入ってこないんだ。だから、悪いんだけど、はちみつ酒を一杯、彼女に持っていってくれないかな。そのときは大声で話しかけてくれるとありがたい。耳があんまりよくないからね」宿のあるじは大きなグラスにはちみつ酒をたっぷりそそぎ、それを持ってでていきました。

「奥さん、お孫さんからのはちみつ酒ですよ」彼は言いました。けれど死んだ老女はひとことも口をきかず、ただじっと座っています。

「聞こえますか？」宿の主人はできるだけ大きな声をはりあげました。「ほら、お孫さんからのはちみつ酒ですよ」おなじことを、何度も何度も叫びました。が、老女がぴくりとも動かないものですから、彼はおそろしい癇癪を起こして、死んだ老女の顔にグラスを投げつけました。はちみつ酒がおばあさんの頬や鼻を伝いおち、おばあさんは馬車の片側にどさりと倒れました――小クラウスは彼女をしゃんと座らせただけで、しっかりとしばりつけてはいませんでしたから。

「なんてことをしてくれたんだ！」宿屋から飛びだしてきた小クラウスは叫び、宿の主人の肩をつかみます。「ぼくのかわいそうなおばあさんを殺しちゃったじゃないか！　見ろよ、おでこがざっくり切れてるぞ！」

「ああ、なんてことだ！」宿屋の主人は両手をもみしぼりながら、悲痛な声をだしました。「それもこれも、私のひどい癇癪のせいだ。小クラウスさん、あなたには枡いっぱいのお金をさしあげますし、この

女性を自分のおばあさんみたいに大切に埋葬します。ですから、どうかこのことは内緒にしておいてください。そうでないと、私はしばり首にされてしまうでしょうし、それだけはかんべん願いたいのです」

こうして、小クラウスはまた大きな枡にいっぱいのお金をもらい、宿の主人はこの年老いた女性の死体を、自分のおばあさんであるかのように大切に埋葬しました。

家に戻ると、小クラウスは大クラウスのところへ少年を使いに行かせ、枡を貸してほしいと頼ませました。

「信じられん！　こんなことってあるのか？」大クラウスは訝りました。「おれはあいつを殺したはずじゃなかったか？　これは、自分で行ってたしかめた方がよさそうだ」そこで彼は枡を手に、小クラウスの家に行きました。

「いったいどこからこんな金を手に入れたんだ？」小クラウスが持ち帰ったお金を見ると、彼にききました。両目が、いまにも顔から飛びだしそうです。

「きみはぼくを殺してないよ」小クラウスは言いました。「きみが斧でたたき殺したのは、ぼくのおばあさんだったんだ。だからぼくはおばあさんを、枡いっぱいのお金で売ってきたんだよ」

「ひゃあ。ずいぶん高く売れたんだな」大クラウスは言い、急いで家に引きかえすと、斧で自分のおばあさんをたたき殺しました。それから死体を馬車に乗せ、町に行って薬剤師をつかまえると、死体を買う気はないかと持ちかけました。

「誰の死体だ？」薬剤師はききました。「そして、どこで手に入れた？」

「うちのおばあさんさ」大クラウスはこたえました。「おれが殺したんだ。大きな枡いっぱいの金で売りたい」

「まさか！」薬剤師は叫びました。「何を言いだすのかと思えば、またとんでもないことを！　自分が何を言っているのかわかってるのか？　もしそれがほんとうなら、しばり首になるところだぞ。おまえのようなやつは、そうなってしかるべきかもしれないがな」

これを聞くと、大クラウスはすっかりおびえ、薬局を飛びだしました。馬車に飛びのり、馬を全速力で走らせて、一目散に逃げ帰ります。あの薬剤師は本気で、大クラウスを狂人だと思ったのです――まわりにいた人たちもそう思いました。ですから誰も彼を止めようとはせず、どこへでも、勝手にでていかせたのでした。

「あいつのせいだ！　思い知らせてやる！」馬車の上で、大クラウスはずっとぶつぶつ言いつづけていました。「今度は逃がさないぞ、小クラウスめ」

家に帰りつくやいなや、自分の家にあるなかでいちばん大きな袋を持って、小クラウスの家にのりこみました。

「またおれをこけにしたな」彼は言いました。「最初はおれにうちの馬たちを殺させ、今度はばあさんを殺させた！　もう二度とおれをばかにできないようにしてやる！」そう言いながら小クラウスをつかまえ、袋に入れると、その袋を肩にかつぎ、「おい、小クラウス」とどなります。「これからおまえを水に沈めてやる」

小クラウスは体重が軽いわけではありませんでしたし、それを運ぶ大クラウスの、川までの道のりは長いものでした。途中で教会を通りすぎると、美しいオルガンの伴奏に合わせて、人々が讃美歌を歌っている声が聞こえました。歩き疲れていた大クラウスは、「これ以上歩く前に、ちょっと讃美歌を聴いていくのもいいな」と考え、袋を地面におくと、教会のなかに入っていきました。

「ああ、どうしよう、困ったぞ！」袋のなかでは小クラウスが途方に暮れていました。体をねじったりつっぱったり、できるだけのことはしてみたのですが、袋からでることができません。

ちょうどそのとき、一人の年とった牛飼いが通りかかりました。大きな杖をついて体を支えながら、牛の群れを連れています。なかの一頭か二頭が、袋につまずいてけりたおしました。

「ああ、どうしよう、困ったぞ！」小クラウスは、依然としてそう言っていました。「天国へ行くには、ぼくはまだ若すぎる」

「そして、わしはこんなに年をとっておるのに」牛飼いが返事をしました。「まだ天国に行かれない」

「袋をあけて！」小クラウスは叫びました。「入れかわろうよ。そうしたら、まっすぐ天国に行かれるよ」

「喜んでそうしよう」牛飼いは言い、袋の口をあけると、小クラウスが跳ねるように飛びだしてきまし

た。

「わしの牛たちの面倒はみてくれるな？　よろしく頼むぞ」牛飼いは最後の願いごとを口にして、袋のなかにもぐりこみました。小クラウスは袋の口をしばると、牛たちを連れて、そこから立ちさりました。

ほどなくして、教会からでてきた大クラウスは、袋を肩にかつぎ、ずいぶん軽くなったなと思いました――年老いた牛飼いは、体重が小クラウスの半分もなかったのです。「あいつ、羽根みたいに軽くなっちまったぞ」大クラウスはつぶやきました。「たぶん、いま歌ってきた讃美歌のご利益だな」そして、川につきました。深くて幅の広い川です。なかに牛飼いの入った袋を、大クラウスはその川に投げすてたのでした。

「思い知ったか、小クラウス」彼はどなりました。

「これでもう、おれをばかにすることはできまい」

それから家に向かったのですが、十字路で、誰あろう、牛の群れを連れた小クラウス本人に、ばったりでくわしました。

「これはいったいどういうことだ？」大クラウスは訝りました。「おれはついさっき、おまえを川に投げこまなかったか？」

「うん、投げこんだよ」小クラウスはこたえました。「だいたい三十分くらい前に、きみはぼくを川に投げこんだ」

「じゃあ、この立派な牛たちを、おまえはどこで手に入れたんだ？」大クラウスがきくと、「これはみんな海牛なんだよ」と、小クラウスは言いました。「全部話して聞かせるよ。きみがぼくを沈めてくれたことに、ぼくはすごく感謝してるんだ。だってさ、ぼくはいまや正真正銘の金持ちなんだから。袋に入れられたときにはすごくこわかったよ。きみがぼくを橋から冷たい水に投げおとしたときには、風が吠えるみたいにものすごい音を立ててたし。もちろんぼくは水底に沈んだ。でもけがはしなかったよ、なぜって、川床に生えている、やわらかい上にもやわらかい草の上に落ちたからね。袋の口をあけてくれたのは、雪みたいに白いドレスを着て、濡れた髪に緑の花飾りをつけた、最高にかわいい娘だったよ。彼女はぼくの手をとってこう言ったんだ。『あなたなの？　小クラウス。この牛たちはあなたのものよ。一マイル行った先にも、牛はもっといるわ』で、見ると、その川は海のなかに住んでいる人たちのための、広々した海の道だったんだ。みんなその道を歩いて、川の終わるところにある海の国に帰っていくんだ、そこに住んでいるからね。水底がどんなにすばらしいところだったか、とても言葉にできないよ。美しい花々や、みずみずしい緑の草が揺れていて、小鳥が空を飛ぶみたいに、魚たちがそのへんを泳ぎまわっている。そこの人たちはみんな親切だったし、うんとたくさんの牛が、水底の道のあちこちにいたよ」

「だったら、どうしてこんなに早く戻ってきたんだ？」大クラウスはききました。「そこがそんなにすばらしいところなら、おれだったらもっとずっとながくそこにいるぞ」

「それはね、」小クラウスはこたえました。「まあ聞いてよ、ぼくが賢かったことがわかるから。あの海の娘が、一マイル行ったところにもっと牛がいるって言ったって話したのをおぼえてるだろう？　でさ、川っていうのはそこらじゅう曲ったりうねったりしてることをぼくはちゃんと知っているから、地面の上を歩いて、それからまた川に飛びこむほうが早いって判断したんだ。つまりいまは近道をしてるところで、こうすれば一マイル先でぼくを待っている牛たちを、すこしでも早く手に入れられるって寸法だよ」

「おまえはほんとうに幸運なやつだな」大クラウスは言いました。「もしおれが川床に下りていったら、おれも海牛をもらえると思うか？」

「それはまあ、そうなるだろうね」小クラウスはこたえました。「だけど、袋に入ったきみを川まで運べなんて言わないでくれよ。きみはぼくよりずっと体重が重いんだから。もしきみが自分で川まで歩いて、それから袋に入るって言うんだったら、喜んで投げこんであげるけどさ」

「そいつはありがたい。恩に着るよ」大クラウスが言いました。「でも、もし水底で海牛が手に入らなかったら、目に物見せてやるからな！　なぐりたおしておまえをのたうちまわらせるぞ！」

「物騒なことを言うなよ」小クラウスが言い、二人は川に向かいました。水が見えてくると、牛たちが一目散に駆けだしました。とてものどがかわいていたからです。

「見ただろ、あいつらがみんな、どんなに水底に帰りたがっているか」小クラウスが言いました。

「わかった、わかった」大クラウスはせかせかと相槌を打ち、「そんなことより早く手伝ってくれよ。さもないとなぐりたおすぞ」と言って、一頭の牛の背中にのせてきた、大きな袋にもぐりこみます。

「じゃあ、確実に沈むように、大きな石を入れてくれ」袋にもぐりこんで見えなくなりながら、大クラウスは言いました。

「そりゃいい考えだな」小クラウスは言い、大きな石を一つ袋に入れると、ひもで口をしっかりしばり、力いっぱいおしだしました。ばっしゃん！　大クラウスは落ちていき、まっすぐ水底に沈みました。

「牛なんて、手に入るはずがないとは思うけどね」小クラウスは言い、自分の手に入れたものを引きつれて、家に帰りました。

# さすらう白鳥たち

遠い国、私たちの住んでいるところが冬であるときにツバメが飛んでいるような、とてもとても遠い国に、十一人の息子と、エリサという名前の娘のいる王さまが住んでいました。十一人の兄弟たちは、胸に星の勲章をつけ、腰に剣をさげて学校に通っていました。みんな、ダイヤモンドのペンで金の板に文字を書き、教科書など読まなくても、とてもよく勉強ができました。そんなふうでしたから、誰でも彼らを一目見れば、王子さまたちなのだとわかるのでした。妹のエリサはといえば、光を反射するガラスでできた椅子に腰かけて、よく絵本を読んでいましたが、この絵本というのがまた、王国にあるお金の半分くらいもださなければ買えないような、貴重な絵本なのでした。

この子どもたちはほんとうに幸福な暮らしをしていたのですが、かわいそうなことに、それはながくは続きませんでした。

父親である王さまが二度目の結婚をしたのですが、新しいお妃さまになった人が邪悪な人で、子どもたちにすこしもやさしくなかったのです——それは、いちばん最初の日からわかっていました。ご結婚の日には大きなお祝いと浮かれ騒ぎがあり、子どもたちも、お客さまごっこをして遊んでいました。でも新しいお妃さまは、子どもたちにおいしいケーキも新鮮なりんごも——このごっこ遊びをするときには、いつもそういうものをもらっていたのですが——だしてくれませんでした。そうなんです。それどころか、お妃さまは子どもたちにティーカップに入った砂を与えて、これでごっこ遊びをするようにと言ったのでした。

翌週には、お妃さまはエリサをいなかに行かせ、貧しい農家で暮らすようにさせました。そのあとかなり時間をかけて、かわいそうな王子さまたちの悪口を王さまの耳にささやきつづけましたので、それを信じた王さまは、息子たちのこともまた、どうでもいいと思うようになりました。

「どこにでも飛んでいって、自分たちのめんどうは自分たちでみるがいい！」邪悪なお妃さまは、王子さまたちに言いました。「物いわぬ大きな鳥みたいに飛んでいってしまえ！」けれどこの人の呪文はまだ本人が思うより未熟でしたので、王子さまたちは十一羽の美しい白鳥になり、奇妙な鳴き声をあげながら、お城の窓から飛びたって、公園を越え、暗い森の方に飛んでいきました。

白鳥たちは、妹のエリサが眠っている農家の上も飛びました。屋根の上をしばらく旋回し、つばさをばさばさいわせたり、ながい首をあちこちへ向けたりしたのですが、まだ早朝で、誰にも聞こえず、誰も彼らを見ませんでした。それで、白鳥たちはそこを去り、高く、さらに高く雲のなかに舞いあがると、広い世界のどこか遠くをめざして、海岸へと続く大きな暗い森の方に飛んでいきました。

かわいそうな幼いエリサは、農夫の小屋で、一枚の緑の葉で遊んでいました。それが彼女の持っている、たった一つのおもちゃだったのです。エリサは葉っぱに穴をあけ、そこからお日さまをのぞいては、お兄さんたちのきらきら輝く瞳を見つめているつもりになっていました。そして、暖かな日ざしを頬に

感じるたびに、お兄さんたちのキスを思いだすのでした。

そんなふうにして、日々はゆっくり過ぎていきました。小屋の外のバラのしげみを吹きぬけながら、風がバラたちに、「あなたがたより美しいものなんてある?」とささやくと、バラたちは頭をふって、「エリサよ」とこたえます。そして、年とった農夫が戸口に座って讃美歌集を読む日曜日には、風がページをさらさら言わせ、「あなたより心のきれいなものなんてある?」と讃美歌集にささやくと、「エリサです」というこたえが返ります。そして、バラたちと讃美歌集の言っていることは、まじりっけなしの真実でした。

十五歳になると、エリサは我が家であるお城に呼びもどされました。エリサの美しさを目にすると、お妃さまは怒りと憎しみでいっぱいになり、エリサのことをお兄さんたちとおなじように白鳥に変えてやりたくてたまらなくなりましたが、王さまが娘に会いたがっていましたので、そうするわけにもいきません。

その朝早く、お妃さまはバスルーム――大理石でできていて、いくつものやわらかなクッションや、美しい敷物で飾られていました――に入り、三匹のヒキガエルを呼びだすと、それぞれにキスをして、一匹目にこう言いました。「エリサがお風呂に入ったら、あの子の頭の上にのりなさい。あの子がおまえみたいに愚鈍になるように」二匹目のヒキガエルには、こう言いました。「あの子の額にのりなさい。あの子がうんとみにくくなって、父親にさえ、自分の娘だとはわからなくなるように」そして、三匹目のヒキガエルには、こう言いました。「あの子の心臓の上で眠りなさい。あの子の心が邪悪になって、あの子が胸の痛みに苦しむように」それから三匹を澄んだお湯に入れ（すると、水はたちまち緑色になりました）、エリサを呼んで服を脱がせ、お風呂に入らせます。エリサがお湯につかると、一匹目のヒキガエルが髪の毛のなかにもぐりこみ、二匹目が額に、三匹目が胸の上にのりました。エリサはヒキガエルたちに気がつきませんでしたが、お湯から上がろうとして立ちあがったとき、お湯のなかに、三本の赤いヒナゲシが浮いていました。もしあのヒキガエルたちが魔女にキスをされていなくて、魔女の毒に冒されていなかったら、赤いバラに変わっていたでしょう。いずれにしても花に変わったわけで、それは、三匹がエリサの頭や胸にのったからです。それほどまでにエリサはやさしく清らかなので、魔女の呪いも効かないのでした。

　それを知ると、邪悪なお妃さまはエリサの体じゅうにクルミのしぼり汁をこすりつけ、汚い色にしました。かわいらしい顔にはいやな匂いの軟膏をぬりつけ、髪をくしゃくしゃに乱しましたので、髪はひどくからまり、もつれあいました。これで、誰にも、これがエリサだとはわからなくなりました。ですから、エリサを見たとき、お父さんはほんとうに驚き、絶対に自分の娘ではないと言いました。彼女だとわかったのは番犬とツバメたちだけでしたが、犬も鳥も、ものを言うことができません。

　不幸な少女は、泣きながら、遠くにいる十一人のお兄さんたちを思いました。心を悲しみでいっぱいにして、こっそりお城からしのびでると、野原や荒地をまる一日さまよい歩き、大きな森に分けいりま

した。行くあてもなく、とてもうつろな気持ちで、ひたすらお兄さんたちが恋しくてたまらないのでした。いまの自分がそうであるように、ずっとむかしに、広い世界に追いたてられて行ってしまったお兄さんたちのことが。エリサのたった一つの望みは、なんとかしてお兄さんたちをさがしだすことでした。

道と呼べるものもない森のなかで、あたりが暗くなってきたので、エリサはお祈りをとなえ、やわらかなコケの上に横たわって、切り株に頭をもたせかけました。空気はやさしく、静かで、草やコケのあいだのそこらじゅうに無数のホタルが飛びかい、緑の火みたいに光っています。そして、たまたま手が木の枝にさわると、ホタルたちは横たわっているエリサのまわりに、流れ星みたいに降ってくるのでした。その夜は一晩じゅうずっと、お兄さんたちの夢を見ながら眠りました。みんなまた子どもになっていて、いっしょに遊び、ダイヤモンドのペンで金の板に字を書いたり、王国の半分もの値うちのある、あのすばらしい絵本を読んだりする夢でした。でも、夢のなかでみんなが書いたのは、以前に書いていたようなただの文字や言葉ではなく――ええ、ちがったんです――、勇敢な冒険の話、みんなが見たりくぐりぬけたりした、わくわくするような物語でした。それに、夢のなかでは、絵本にでてくるものがみんな生きていました。鳥たちは歌い、人々は本のなかからでてきて、エリサとお兄さんたちに話しかけるのでした。

目をさますと、お日さまはもう空高くのぼっていました。大きな木々が枝葉をびっしりしげらせているので、エリサにはお日さまの姿は見えませんでしたが、それでも、日ざしは枝や葉っぱの上で踊り、金のヴェールがひらひらしているみたいでした。空気はみずみずしい緑の草の匂いがし、小鳥たちは寄ってきて、エリサの両肩にとまります。水音が聞こえ、行ってみると、しげみの奥のひらけた場所に、泉がありました――とても美しく澄んだ泉で、木の葉の一枚一枚が、くっきりと水に映っています。けれど、そこに映った自分の顔を見ると、エリサはぎょっとしました。あまりにも汚くて、みにくかったからです。それで、手で水をすくって目を洗い、顔も洗うと――ほら！ ――彼女の肌は、ふたたび白く輝きました！ エリサは服を脱ぎ、その冷たいきれいな水につかります。こうして汚れを落としてみれば、この広い世界のどこにも、エリサより美しいお姫さまはいないのでした。

服を着て、髪をきちんと編むと、エリサは清水の湧きでている場所まで走っていって、手のひらにすくって飲みました。それから、森の奥深くに分けいっていきます。どこに向かっているのかもわからないままに。

あたりは完璧な静寂で、エリサには自分の足音も、踏むたびに足の下で崩れる枯葉一枚ずつの音も聞こえました。小鳥一羽いません。ともかく彼女の見たところではそうでした。それに、木の葉があまりにも豊かで厚ぼったく重なっているので、日ざしもまったく感じられませんでした。夜になり、暗い森のなかに横たわって眠ろうとするあいだも、エリサはお兄さんたちのことを考えつづけ、どうか見つけだせますようにと願うのでした。

朝になり、起きあがってふたたび森を歩きはじめたエリサは、野いちごの入ったかごを手にしたおばあさんに会いました。おばあさんはエリサに野いちごを分けてくれました。エリサは、十一人の王子が馬に乗ってこの森を通るのを見なかったかどうか、きいてみました。

「いいえ、お嬢(じょう)ちゃん、見かけなかったね」おばあさんはこたえました。「でも、頭に金のかんむりをつけた、十一羽の白鳥なら見たよ、きのうのことだけどね。ここからそう遠くないところにある川を、そろって泳いで下っていったよ」そして、すこし離(はな)れた場所にある坂道まで、エリサを案内してくれました。その坂道を下れば、曲りくねった小川です。エリサはおばあさんにお礼を言うと、小川に沿(そ)って歩きつづけて、とうとうその川が海に流れこむ、広々とした浜辺(はまべ)につきました。そして、その浜辺(はまべ)で彼女(かのじょ)はずいぶんながいこと、足もとにたくさんある小石をじっと見つめていました。どの石も水に洗(あら)われ、まるく、なめらかになっています。「海は倦(う)んだりしないんだわ」エリサは思いました。「海は疲(つか)れしらずに波打ちつづけて、ごつごつした石もなめらかにする。だから私も疲(つか)れたりあきらめたりせずに、大切なお兄さんたちをさがそう」

潮(しお)に打ちあげられた海草のあいだに、十一羽の白鳥たちの羽根が散らばっていました。エリサはそれを拾いあつめて、小さな束(たば)にしたのですが、その束(たば)からぽたぽたたれる水滴(すいてき)が、海の水なのかお兄さんたちの涙(なみだ)なのか、エリサにはわかりませんでした。でも、たえず色を変える海を眺(なが)めていると、ふしぎと淋(さび)しさを忘(わす)れられました。大きな黒い雲が漂(ただよ)ってきて、海はまるでこう言っているようでした。「私だって、荒々(あらあら)しくなれるんですよ」

いまにも日が沈もうとする、ちょうどそのとき、頭に金のかんむりをのせた十一羽の白鳥が、陸に向かって飛んでくるのが見えました。白い長いりぼんみたいに十一羽が連なっています。エリサは坂を上ると、しげみのうしろに隠れました。白鳥たちはすぐ近くに舞いおりて、大きな白いつばさをばささ言わせました。

お日さまがすっかり水に沈むと、白鳥たちの肌がはがれおち——なんと、なんと！　——、そこに立っているのはエリサのお兄さんたち、十一人の、美しい王子さまたちでした！　エリサは大きな歓声をあげ、お兄さんたちの腕のなかに飛びこみました。互いに互いの名前を呼びあいます。王子さまたちは、小さな妹にふたたび会えて、どんなにうれしかったことでしょう、妹が、いまではそんなに小さくはなく、むかしよりずっと背ものびて、さらに美しくなっていたにしても。みんなは笑ったり泣いたりし、まま母が自分たちにどんなにひどい仕打ちをしたのか知りました。

「ぼくたち兄弟は」いちばん上のお兄さんが言いました。「空に日があるうちは、野良暮らしの白鳥みたいに飛んでいなきゃならない。でも、日が沈むと人間の姿をとりもどせるんだ。だから、日没の瞬間には地面の上にいるように気をつけなきゃならない。雲のなかを飛んでいたりしたら、はるか下まで落下することになっちゃうからね。ぼくたちが住んでいるのはここではないんだ。海の向こうの土地で、ここととおなじくらいいいところだが、とても、とても遠い。この広い海を越えて飛ばなくてはならないし、途中には、夜にそなえて降りたてるような島もない。ただ、岩が一つ、水の上にぽつんと突きでている場所があってね、ぼくたちはそこで休むんだけど、あまり大きいとはいえない岩だから、みんなで身を寄せあって、立ったまま眠るしかない。海が荒れていれば、まわりじゅうで波しぶきが跳ねあがり、みんながずぶ濡れになるよ。だけど、それでもぼくたちはそこに岩があることにすごく感謝している――人間の姿で夜を過ごせる場所だからね。それに、もしそこにその岩がなかったら、ぼくたちは決して故郷に帰れなくなってしまう。ぼくたちが住んでいるところからこの故郷までは、まるまる二日もかかる旅だからね。一年にたった一度だけ、ぼくたちは故郷に帰ることを許されている。十一日間という、短いあいだだけだけどね。でもそのあいだ、ぼくたちはこの大きな森をぬけて飛び、自分たちの生まれた、そして父上の住む、城を眺めることができる。母上が永眠されている教会の、鐘のある塔も見ることができるよ。だけどいまは、もうあと二日しか残っていない。そのあとはすぐ出発しなくちゃいけない。こことおなじくらい美しいけれど故郷ではない土地へね。でも、どうすればおまえを連れていけるだろう。船もボートも、ぼくたちにはないんだからね……」

「それに、私はどうすればお兄さんたちを自由にしてあげられるの？」エリサはききました。そして、みんなで一晩じゅう話しあいましたが、こたえが見つからないまま、ほんの短いあいだだけ眠りました。

　エリサは、自分の真上で白鳥たちのつばさが羽ばたく音で目をさましました。お兄さんたちはまた白鳥の姿に戻っていて、妹の目の前で高く舞いあがり、空中で大きな円を描くと、すこしずつ遠ざかっていきました。けれど、いちばん下のお兄さんだけは残っていて、白鳥の頭をエリサのひざに横たえました。エリサは、そのお兄さんの白いつばさを、そっとやさしくなでるのでした。夜が近づくと、ほかのお兄さんたちも戻ってきて、日が沈むとまた人間の姿になりました。

「あしたはお別れだよ、かわいいエリサ」お兄さんたちは言いました。「まる一年戻ってこられない。いっしょにくる勇気はあるかい？　ぼくたちみんなのつばさの力をあわせれば、おまえを連れて海を渡れるくらい強いよ」

「行くわ」エリサは言いました。「いっしょに連れていって」

その夜、みんなは一晩じゅうかけて、しなやかな柳の樹皮と、葦やイグサで網を織りあげました。エリサがその上に横になります。日がのぼり、また白鳥の姿になったお兄さんたちは、くちばしで網をくわえ、雲のなか高く舞いあがりました。ぐっすり眠っている大切な妹といっしょに。日の光がエリサの顔にあたったのですが、白鳥の一羽が彼女の真上を飛んで、たっぷりと大きなつばさで日陰を作ってくれました。

目をさますと陸地が遠く離れていて、エリサは自分がまだ夢を見ているのだと思いました。なぜって、海の上高く、雲のなかを運ばれているなんて、とてもへんな気持ちがしたからです。すぐそばに、熟れた野いちごのついた蔓と、おいしそうな根菜が片手いっぱいくらいおいてあります。それは、いちばん下のお兄さんが集めて、彼女にたべさせようとしてそこにおいたものでした。エリサは彼に、感謝のしるしにほほえんでみせました。つばさで日陰を作ってくれたのとおなじように、それも彼がしてくれたのだとわかっていたからです。

このときにはもう、とても高いところを飛んでいましたから、彼らが目にした最初の船は、まるで、水に浮かんだまっ白なカモメみたいに小さく見えました。エリサがうしろを向くと、もくもくした大きな雲が、巨大な山のように見えました。そして、その雲には、エリサ自身と十一羽の白鳥の大きな影が、映しだされています。それは、エリサがそれまでに一度も見たことがない、とても奇妙な影絵でしたが、日が空高くのぼるにつれて、雲はうしろに遠ざかり、幽霊みたいな影たちも消えました。

白鳥たちは一日じゅう飛びつづけましたが、妹を運んでいるために、いつものように速くは飛べませんでした。日が沈みはじめ、夜が近づいてくると、エリサは恐怖で胸をしめつけられました。お兄さんたちの言っていた、ただ一つの岩というのが、まだどこにも見えなかったからです。恐怖に追いうちをかけるように、大きな嵐の気配も迫ってきています。自分の重さのせいで白鳥たちが速く飛べないのだと思うと、エリサは申しわけなくてたまらない気持ちになりました。人間の姿に戻ったお兄さんたちが、はるか下の海に落下して投げだされるかもしれないと思うと、恐怖で気が狂わんばかりでした。エリサは恐怖をやわらげるためにお祈りをとなえましたが、岩はまだ影も形もありません。いなびかりが立てつづけに空にひらめき、激しい風が、不吉な黒雲を彼らの方に吹きよせてきます。

突然、白鳥たちが下降しはじめ……エリサはもうおしまいだと思いましたが、白鳥たちはすぐにまたふわりとまっすぐに飛びました。お日さまはすでに半分以上水に沈んでいます。ようやくそのとき、あの一つだけの岩がエリサの視界に入ってきました――波の上に突きでたアザラシの頭と変わらないくらいの大きさしかない岩でした。お日さまがみるみる沈み、水のなかにすっかり消えたその瞬間、足が固い地面に触れ、エリサはお兄さんたちのまんなかに立っていました。彼女をとりかこむようにして岩の上に立っているお兄さんたちは、みんなぴったりくっついて、背中に腕をまわしあっています。十二人が立つのがやっとの大きさの岩でした。嵐はまだ吠えたけり、海はおそろしい荒々しさで彼らの立つ岩に襲いかかってきましたが、十二人の兄妹たちはしっかりと立ち、こわがったりしませんでした。

　夜があけるころには、嵐はすっかりおさまり、日がのぼるとすぐに、白鳥たちはエリサを連れて岩から飛びたちました。前方には、山に囲まれた国のようなものが見えています。山々はすっかり氷におおわれていました。その国のようなもののまんなかには高くそびえるお城があり、長さも一マイル以上にわたって続いています。白鳥たちはエリサに、これは〝刻々と姿を変えつづける雲の城〟で、妖精モルガーナが住んでおり、人間は誰一人なかに入ることを許されていないのだと教えてくれました。エリサが見ているあいだにも、山々とお城は雲散霧消し、かわりに金の尖塔のある教会が、いくつも浮かびあがってきました。そして、でもまた、エリサが教会を眺めているうちに、それらはみるみる姿を変えて、船の一団になります。それからまた景色が変わり、さらにもう一度変わったあと、とうとう、そしていきなり、美しい青い山々と杉林、それにお城のある、ほんとうの土地が出現しました。日が沈む前にエリサは地上に降ろされたのですが、目の前には、繊細な蔓植物におおわれた、大きな洞窟がありました。

いちばん下のお兄さんが、彼女を洞窟のなかに案内し、「ここで眠るといい」と言いました。「たぶん今夜、ぼくたちを自由にする方法を、夢で見られるかもしれない」

「どうかそうでありますように！」エリサは言い、その場にそっと横たわると、お祈りをつぶやきました。そして、夢に見たかったことを、まさにエリサは夢に見たのでした。それは、妖精モルガーナと、夕方お兄さんたちとその上空を飛んだ、あの雲のお城の夢でした。夢のなかで、妖精はエリサに会いにお城からでてきたのですが、その姿はうっとりするほど美しく、でも、どこか、森で野いちごを分けてくれたおばあさんに似てもいました。金のかんむりをかぶった白鳥たちのことを教えてくれた、あのおばあさんにです。

「あなたには、お兄さんたちを自由にする力があるのよ」妖精は言いました。「でも、苦痛に耐える勇気はある？　いま私が手にしている、この棘だらけのイラクサが見えるでしょう？　教会墓地のまわりにあるしげみからつんできたもので、これでなくてはだめなの。よくおぼえておいて！　イラクサは、あなたの肌を火ぶくれにするでしょう、でも、どんなに痛くてもひるんではなりません。あなたははだしでイラクサを踏み、繊維にしなくてはなりません。その繊維を結びあわせたり縒ったりして糸を作り、お兄さんたちのために、十一枚の、そでの長いシャツを織りなさい。そのシャツをあなたが白鳥たちに投げるとき、邪悪な呪文は解けるでしょう。けれど、よくおぼえておくのよ！　この仕事にとりかかった瞬間から、完全に仕事を終えるまで、ひとことも口をきいてはなりません。もしひとことでも口にしたら、その言葉は致命的な短剣のように、お兄さんたちの心臓を刺しつらぬくでしょう。彼らの命はあなたの沈黙にかかっているの。それを決して忘れないようにね！」

そして、妖精はエリサの手にイラクサで触れました。イラクサはまるで炎のように熱く、その痛みでエリサは目をさましました。

日の光がさしています。寝ていた場所のすぐそばに、夢で見たのとおなじイラクサが一本おいてありました。エリサは厳しい仕事にとりかかるために、洞窟から外にでていきました。教会墓地につくと、やわらかい両手をイラクサのしげみにさしいれました。それは炎のように肌を灼き、手にも腕にも火ぶくれができましたが、痛みなど気にしませんでした。大好きなお兄さんたちを自由にしてあげるには、こうするよりないのですから。それから、はだしの足でイラクサをみんな踏みしだき、緑色の繊維を縒ったり結んだりしました。

日が沈むとお兄さんたちが帰ってきましたが、いっさい口をきかないエリサを見ると、みんな驚き、心配し、どういうことかと訝りました。まま母が、彼女にまたべつの呪いをかけたのでしょうか？　けれどエリサの手が火ぶくれだらけなのを見ると、彼らには、彼女が自分たちのために、何か大切な仕事をしてくれているにちがいないとわかりました。いちばん下のお兄さんは妹がかわいそうで涙をこぼし、その涙が彼女の手の上に落ちると、火ぶくれは消え、痛みもいっしょに消えました。

一晩じゅう、エリサは作業を続けました。お兄さんたちを自由にするまでは、休むつもりなんてなかったのです。次の日も一日じゅう、白鳥たちが留守のあいだ、エリサは一人で黙々と働きました。一枚目のシャツは完成し、二枚目にとりかかっているところでした。

仕事に没頭していると、突然、狩猟ラッパが山に響きわたり、猟犬が吠えたてるのが聞こえました。エリサはおびえ、洞窟のなかに集めてあった、イラクサで縒った糸を隠しました。大きな猟犬が一匹、しげみから飛びだしてくると、うしろに二匹目が、三匹目が続きます。犬たちは吠えながら、駆けもどったかと思うと、またやってきました。そして、すぐに狩人たちが、洞窟の前に集まってきました。そのうちの一人、いちばん背が高くて、いちばん美しい顔立ちの男の人が、前に進みでて、エリサの近くに寄りました。こんなに美しい少女を、彼はこれまで一度も見たことがありませんでした。

「いったいなぜ、こんな洞窟のなかにいるんだい？　かわいいお嬢さん」王さまは（ええ、実際、この人は王さまだったのです）ききました。けれどエリサはただうつむくだけで、何も言いません。口をきけば、お兄さんたちの命をうばうことになると知っていましたから。

「私といっしょにおいで」王さまは言いました。「こんなところにいるべきじゃない。もしあなたの心根が、あなたの外見とおなじように美しいのなら、私はあなたに絹やビロードの服を着せ、頭には金のかんむりをかぶせよう。宮殿に連れていって、いっしょに暮らせるようにしよう」王さまはエリサを抱きあげて、自分の馬に乗せました。狩人たちをうしろにしたがえ、山々をぬけて宮殿に向かうあいだずっと、エリサは両手をもみしぼって泣いていました。「私はただ、あなたに幸せになってほしいだけ

なんだ。いつか、私に感謝する日がくるはずだよ」王さまはそう言うのでした。

日が沈むころ、教会や丸屋根がたくさんそびえる立派な街につきました。王さまはエリサを宮殿に連れていきましたが、建物の壮麗さも、贅沢な内装の美しさも、エリサの目には入りませんでした。泣きっぱなしだったのです。そして、何ものもこの悲しみをやわらげてはくれないと感じていました。女官たちは、エリサに華やかな衣装を着せました。長い髪には真珠が飾られ、手から腕にかけては上等な素材の長い手袋でおおわれましたが、エリサは無関心なままでした。

それでもなお、すっかり盛装したエリサがお披露目されると、そのまぶしいばかりの美しさに宮廷じゅうの人々が言葉もなく息をのみ、王さまは、エリサを花嫁にすると宣言しました。ただ、大司教だけは首をふり、王さまにこう耳打ちしました。あなたが森から連れてきたあの美しい娘は、宮廷じゅうの人々を魅了して、王であるあなたの心をあやつる呪文をかけた魔女にちがいありません、と。

しかし王さまは聞く耳を持たず、盛大な結婚式の準備をするよう命じました。エリサのために陽気な音楽を奏でるようにともまた命じたのですが、それは、エリサがあいかわらず悲しみに沈んだ様子だったからで、王さまは、そんなエリサのことが心配だったのです。

それで、王さまはエリサのために、かわいい緑の植物をたくさんぶらさげて飾った、小さな部屋を用意しました。はじめてエリサを見た洞窟と、そっくりに見える部屋です。天井からは、彼女が織りあげた一枚のシャツがつるされ、床には、彼女がイラクサから紡いだ繊維の束がおかれています。

「いとしい人」王さまは言いました。「この部屋で、前にしていたのとおなじことをするといい。むかしの家に戻ったみたいでくつろげるだろうからね」

部屋のなかに、自分のよく知っているものがいろいろあるのを見ると、エリサの唇にほほえみが浮かび、頬に赤みがさしました。彼女は王さまの手にキスをし、王さまは彼女を抱きよせました。それから、その部屋をでた王さまは、国民たちに婚約を知らせるために、教会の鐘を鳴らすよう命じました。口のきけない美しい森の娘は、もうすぐ正式にお妃さまになるのです。

しかし、大司教は依然として、エリサについてのよくないことを王さまに耳打ちしつづけ、ほかの人たちの耳にも入るよう、うわさを流したりもしていました。王さまはそんなものに惑わされませんでしたので、じきに結婚式は挙げられ、国じゅうがお祭り騒ぎにわきたちました。この国の習慣にしたがって、大司教その人がエリサの頭にかんむりをのせる役目を果たさなければならなかったのですが、大司教はわざと手に力をこめ、花嫁に痛みを与えようとしました。が、エリサの心はお兄さんたちのための悲しみでいっぱいでしたから、痛みも感じず、唇からはなんの声ももれませんでした。

王さまはエリサに徹頭徹尾やさしく、エリサのためにできることはなんでもしました。エリサの方もまた、日ごとに王さまを好きになっていきました。自分の苦しみを王さまに打ちあけたくてたまらなかったのですが、仕事が終わるまでは絶対に口をきくわけにはいきません。毎晩、夫のそばからこっそり離れ、緑の小部屋に戻っては、愛するお兄さんたちのためにシャツを織りつづけました。けれども七枚目のシャツにとりかかったとき、イラクサの繊維がもう残っていないことに気がつきました。教会墓地に行き、棘だらけのイラクサを、自分の手で集めてこなくてはならないことがわかっていましたが、でも、どうやってそこに行けばいいのでしょう？　月あかりだけをたよりに、エリサは足音をしのばせて庭にでました。長い、暗い小道をいくつもぬけて、お城の庭の裏側にある、教会墓地にたどりつきました。墓石の一つに、半分女の人で半分へびという気味の悪い生きものたちが、車座になって座っています。生きものたちは、まるでお風呂にでも入ろうとするかのように、ぼろぼろの服を脱ぎすてると、長くやせた指で新しげなお墓をこじあけ、死体を引きずりだしてその肉をむさぼりはじめます。エリサがそばを通ると、おそろしい目でにらみつけてきましたが、エリサは心のなかでお祈りをつぶやいていましたので、そのいやな生きものたちはエリサに手出しができませんでした。エリサは燃えるような痛みをもたらすイラクサをかきあつめ、こっそりお城に戻りました。

けれど、それを見ている人がいました。みんなが寝静まっているときに、ただ一人起きていた大司教です。彼はこれで確信しました。新しいお妃さまは魔女であり、なんらかの悪い魔法を使って、王さまと国民たちを意のままにあやつろうとしているのだと。

大司教は王さまのところへ行き、自分の見たものについて話して聞かせ、あの口のきけない美しい森の娘はまちがいなく魔女であると訴えました。王さまは、なんと言っていいのかわかりません。二人はこのとき教会にいたのですが、壁にそって木製の聖人像がずらりとならんでいて、周囲を見まわした王さまには、聖人像たちが重々しく首をふり、「そうではない。エリサは無罪だ」と言っているように見えました。が、大司教は、聖人像たちも首をふりながら、エリサは有罪だと言っているのだと主張しました。王さまの頬を涙がこぼれおち、王さまの心は疑いに重く沈みこみました。その夜、王さまは眠れなかったのですが、眠ったふりをしていました。するとエリサが真夜中に起きだして、緑の小部屋に入っていくのが見えました。次の夜もおなじことが起こりました。その次の夜もです。日ごとに王さまの心は深い悲しみに染まっていきました。エリサもそれに気づきましたが、なぜなのかはわからずにいました。

　このころには、彼女はほぼ十枚のシャツを仕上げ、織らなくてはならないのはあと一枚だけになっていました。けれど、繊維がもう残っていないうえ、棘だらけのイラクサも底をついていました。ですからエリサはどうしても、また教会墓地へ行く必要があったのです。エリサのあとをつけていった大司教と王さまは、彼女が墓石の上にいる気味の悪い魔女へびたちのそばに近づいていくのを見ました。王さまは顔をそむけずにはいられませんでした。エリサを、魔女へびたちの仲間だと思ったのです。

「国民たちに裁判をしてもらうしかない」次の日、王さまは言いました。人々はエリサを裁判にかけ、魔女のように火あぶりの刑に処すべきだと判決を下しました。

　エリサはお城から連れだされ、鉄格子のはまった窓から風の吹きこむ、暗く湿った地下牢に入れられました。人々は、彼女が集めたイラクサを枕として持ちこむことと、織りあげたシャツを掛け布団や毛布のかわりに持ちこむことを許しました。それより美しかったり高価だったりするものは、何一つ与えてもらえなかったのです。

牢屋の外では街の少年たちが、彼女をあざける歌を歌っています。彼女にやさしい言葉をかけてなぐさめてくれる人は、一人もいませんでした。

けれどその夕方、いちばん年下の白鳥が、鉄格子のはまった窓の外にいきなり飛んできて、つばさをばさばさ言わせました。その音を聞くと、エリサは泣きださずにいられませんでした。この夜が、自分の生きていられる最後の夜だとわかっていたからです。でも、仕事はあとすこしで完成ですし、お兄さんたちがすぐそこにいます。大司教がやってきて、彼女に話しかけてきましたが、エリサは目と手の動きで追いはらいました。仕事を中断させられたくなかったのです。そんなことになれば、これまでの苦労が水の泡です。追いはらわれた大司教は、エリサをののしりながら牢屋からでていきました。でも、どんなにののしられようと、エリサは自分が何の罪も犯していないことを知っています。それで、ただ、仕事を続けました。

翌朝、十一人のお兄さんたちがお城の門の前に立ち、王さまにお目にかかりたいと申し入れたのは、夜あけの一時間前でした。王さまはまだ眠っていらっしゃるのだからじゃまをしてはいけない、と言われましたが、お兄さんたちはあきらめずに懇願し、どうしても会わせろと、門番たちをおどしさえしました。やっと、ついに、王さまがでてきました。

「いったい何ごとだ？」王さまはたずねましたが、ちょうどその瞬間に日がのぼり、お兄さんたちの姿はどこにもなくなり、ただ、十一羽の白鳥が飛びさっていくのが見えただけでした。

そして、いまや人々はみんな、魔女が火あぶりになるところを見物しようと、家から街にあふれでていました。エリサは粗末な服を着せられ、古い荷車に乗せられました。死人みたいに青ざめ、美しい長い髪は、乱れて顔のまわりにたれさがっています。声をださずに唇だけ動かして祈りをとなえながら、それでも両手は十一枚目のシャツを織るのをやめませんでした。死に向かって進むあいだでさえ、仕事をしつづけているのです。人々はエリサをあざけって、こんなふうにどなりました。

「見ろよ！　魔女がぶつぶつ言ってるぞ！　あそこに座って、邪悪な魔法の道具を離そうともしない！　奪いとれ！　びりびりに引きさいてしまえ！」

群衆がみるみる狂暴になり、激怒して荷車におしよせたちょうどそのとき、十一羽の白鳥たちが舞いおりてきました。エリサをとりかこむように荷車にとまり、ばさばさと音を立てて、大きなつばさを広げたりたたんだりします。人々は驚いてあとずさり、ひそひそとこうささやきあいました。「これはきっと天のお告げだ。彼女は無罪にちがいない」でも、誰もそれを大きい声で言う勇気はありませんでした。そして、ついに、処刑人がエリサの手をつかみました。が、エリサがすばやく十一枚のシャツを、白鳥たちの上に一枚、また一枚と投げかけると――なんと、なんと！　――、そこには十一人の、背の高い、美しい王子さまたちが立っていました！　でも、いちばん下の王子さまだけは、片方の腕が白鳥

のつばさでした。最後のシャツが完全にはできあがっていなかったからです。

「これでもうしゃべってもいいのね！」エリサは叫びました。「私は無罪です！」人々は、まるで聖人を前にしたかのようにひざまずきましたが、エリサはお兄さんたちの腕のなかに、まるで死人みたいにくずおれました。

「そのとおり。彼女は事実、無罪なんだ」いちばん上のお兄さんが、大きな声ではっきりと言いました。そして、自分たち兄弟とエリサの身に起きたことを、何もかもすっかり、みんなに話して聞かせました。

　すると、すばらしいことが起こりました。エリサを火あぶりにするはずだった焚き木の山から、無数のバラの花の、甘い香りが立ちのぼってきたのです。焚き木の一本一本が地面に根をおろし、枝をするするとのばしていきます。火葬用の積み薪だったものが、いまや輝く赤いバラの木でできた、立派な生け垣になりました。なかに、ほかの木より背(せ)が高く、より品のあるバラが一本あり、王さまはこれを引きぬくと、エリサの胸(むね)の上にのせました。するとエリサが目をあけたのですが、その目に憂(うれ)いはもはやなく、穏(おだ)やかさと幸福が、あふれるようにたたえられていました。

教会の鐘(かね)がいつになく美しく鳴りひびき、王さまは十一人の王子さまと群衆(ぐんしゅう)を引きつれて、お妃(きさき)さまを美しい宮殿(きゅうでん)に連れて帰りました。

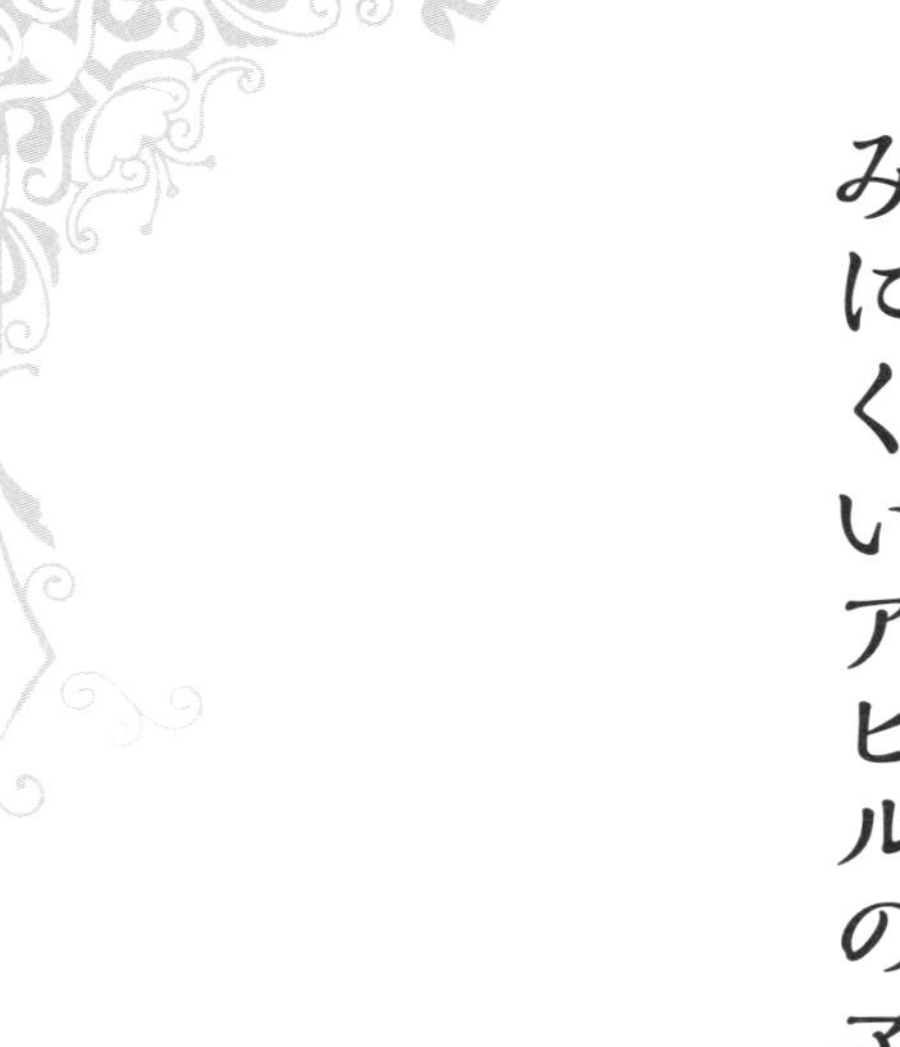

# みにくいアヒルの子

おもてはすばらしいありさまでした。いなかの夏です。小麦は輝かしい黄色に実り、オーツ麦は緑色で、青々とした野原には、干し草の山が積まれています。長い赤い脚をしたコウノトリが、エジプト語でおしゃべりしながらそのへんを歩きまわっています。コウノトリはエジプト語を、お母さんに教わったのでした。野原はまわりを森に囲まれ、その森の奥には、深い湖がいくつもありました。ええ、ほんとうに、いなかの夏の戸外はすばらしいのです。

そんな風景のなかに、日ざしを浴びて、荘園領主のお屋敷が建っていました。周囲を深いお濠に囲まれ、お屋敷の壁とお濠の水のあいだには、ギシギシの葉の、豊かなしげみが広がっています。ギシギシの茎はとても丈高くのびていましたので、小さい子どもなら、いちばん高くのびた葉の下に、まっすぐ立つことができました。そこは、まるで密林のなかのようにうす暗く、ひっそりした場所でした。そして、いま、一羽のアヒルがその葉むらの下、自分で作った巣のなかに座って、アヒルの子どもたちを卵からかえそうとしていました。でも、この母親アヒルはそれにもうあきあきしています。ヒナをかえすにはとてもながい時間がかかりますし、誰も訪ねてきてくれないからです。ほかのアヒルたちはみんな、ギシギシの下に座って彼女とおしゃべりするよりも、お濠の水のなかを泳ぎまわっている方が好きだったのです。

やっと、卵が次々割れはじめました——ピヨ！　ピヨ！　卵の黄身だったものが、どれも元気なヒナになり、殻から頭をつきだします。「ぐわっ！　ぐわっ！」母親アヒルがせかすように言うと、ヒナたちはみんな大急ぎで殻を捨て、緑の葉の下にでてきて、小さな目をまぶしそうにまばたきました。母親アヒルはヒナたちの好きなだけ、そうさせておきました。なぜって緑は目にいいですからね。

「世界はなんて広いんだろう」小さいアヒルたちはいっせいにぴちゅぴちゅと、そうさえずりました。みんな、いままでは卵のなかよりはるかに広い場所にいるのですから。

「世界の広さはこんなものじゃないのよ！」母親アヒルが言いました。「世界はこの庭の向こう側よりさらに先、ちょうどあの牧師館のところまで広がっているのよ。まあ、私もそんな遠くには行ったことがないけれど……。さて、ちゃんとみんなそろってる？」母親アヒルは立ちあがりました。「いいえ、まだそろってないみたいね。いちばん大きな卵がまだ残ってる。いったい、この子はどれだけ時間がかかるのかしら。待つのにはもううんざりだっていうのに！」そう言いながら、また卵の上に座ります。

「どんなぐあいだい？」訪ねてきた、年とったアヒルがききました。

「ここに卵が一つだけ残ってるの。もういやんなるくらい時間がかかってるのよ」母親アヒルは言いました。「ちっともかえりゃしない。でも、こっちにきてほかの子どもたちを見てくださいな。こんなにかわいいアヒルの子どもたちを見たことがある？　みんなお父さんにそっくりなのよ。全然私に会いにきてくれない、ひどいやつだけど」

「その、ちっともかえらないっていう卵をちょっと見せてごらん」年よりアヒルは言いました。「やっぱりね、思ったとおりだ。自信を持って言うけど、これは七面鳥の卵だよ！　あたしもむかし、だまされたことがあってね、あの七面鳥の子どもたちには手を焼かされたよ、ほんとの話！　なにしろ水をこわがるんだからね。水に入れてやることが、どうしてもできなかったの！　ぐわぐわ鳴いたりがあがあ鳴いたりしてせきたてたんだけど、箸にも棒にもかからなかった！　その卵をもう一回見せてごらん。うん、たしかだ、まちがいなく七面鳥の卵だよ！　あたしならそんなものは放っておいて、ほかの子どもたちに泳ぎを教えにいくね」

「ええと、まあ、もうすこしだけここに座って温めてみるわ」母親アヒルは言いました。「ずーっと座ってたんだもの、あと二、三日座ったっておなじことだわ」

「あたしはどっちだってかまわないけどね」年よりアヒルは言い、よたよた、ぺたぺた、歩いて立ち去りました。

　ついに、そのいちばん大きな卵が割れました。「ピヨ！　ピヨ！」生まれたてのアヒルの子がころがりでてきます。おやまあ！　ずいぶん大きな、みにくい子です！　母親アヒルはその子をじっと見つめて、「ほんとうに、ぞっとするほど大きいわ！」と言いました。「ほかの子たちとは全然ちがう！　まさか、ほんとうに七面鳥だったりしないでしょうね！　まあ、すぐにわかることだわ、水に入れてみればいいんだもの、けってでも入れてみせるわ！」

次の日は、ギシギシの葉むらの上にお日さまが輝く、最高にいいお天気でした。母親アヒルは子どもたちを連れて、水辺におりていきました。ばしゃん！　まず彼女が水に入ります。「ぐわっ！　ぐわっ！」彼女が叫ぶと、アヒルの子どもたちは一羽、また一羽と水に入りました。みんな頭の上まで水に沈みましたが、すぐにちゃんと浮かびあがり、たのしそうに泳ぎます。小さな脚を懸命に動かして、あっちでも、こっちでも。灰色の、みにくいあの子もいました。

「ほら、七面鳥なんかじゃないわ」母親アヒルは言いました。「なんて上手に脚を動かすこと！　なんてしゃんと体をまっすぐ起こしていること！　まちがいなく私の子だわ。それに、よく見ればけっこうかわいいじゃないの。さあ、みんなついていらっしゃい、広い世の中に連れていってあげますからね。アヒル小屋のみんなにあなたたちを紹介するわ。でも、つねに私にくっついてるのよ、そうしないと踏みつぶされちゃうかもしれませんからね。それから猫に気をつけるのよ！」

　というわけで、みんなでアヒル小屋に入っていくと、そこではちょうど、二つの家族がうなぎの頭をとりあって、大げんかをしていました。が、結局、うなぎの頭は猫がさらっていきました。

「ほら、世のなかってこういうものなのよ」母親アヒルは言いましたが、口からよだれがたれました。彼女自身、うなぎの頭がとてもたべたかったのです。「さあ、いらっしゃい、ぐずぐずしないで、きちんと脚を動かすのよ。そして、あそこにいるお年よりのアヒルの前を通るときには、礼儀正しく頭をさげておじぎするのよ。彼女は、このなかでいちばん立派な血筋のアヒルなの。スペインの血が入っていてね、それであんなに太ってるのよ。それに、脚に赤い布切れを巻かれているのが見えるでしょう？　あれは、彼女がとても特別な存在だっていうしるしで、アヒルに与えられる最高の名誉なのよ。私たちにとってなくてはならない頼りになるアヒルで、人間たちからも動物たちからも尊敬されているっていうしるしよ。さあ、いらっしゃい！　いいお顔をして。つまさきを内側に向けてはいけませんよ。育ちのいいアヒルはそんな歩き方はしないものなの、左右の脚は、ちゃんとべつべつに離して動かすものなの、父親と母親みたいにね。さあ、おじぎをして、『ぐわぐわっ！』てごあいさつなさい」

子どもたちはみんなそうしました。が、まわりのアヒルたちはそれを見て、聞こえよがしの大声で、こんなふうに言いました。「また仲間がふえるのか！　ここにはもう十分すぎるほどアヒルがいるのに！　それに、おい！　あの子を見てみろよ！　あんなのを仲間にするのはぜったいにイヤだね！」そして、一羽がその子のところに飛んでいき、首にがぶりとかみつきました。

「その子からすぐに離れなさい、すぐに！」母親アヒルは言いました。「その子はあなたに何もしていないじゃないの！」

「そうだよ。でもこいつは大きさが全然ちがう！」かみついたアヒルは言いました。「それに、あきらかにへんな見かけをしている！　だから追いだそうとしたんだ！」

「かわいい子どもたちじゃ」脚に赤い布切れを巻いた、年よりのアヒルが言いました。「あそこにいるみにくい一羽以外はみんな。彼は失敗作じゃな。もう一回産み直せなくて気の毒なことじゃ！」

「でも、どうすることもできません、長老さま」母親アヒルは言いました。「たしかにあんまり器量よしではないですけれど、とっても性質がいいんです。それに、ほかの子たちとおなじくらい上手に——いえ、もっと上手なくらいに——泳ぐんです。たぶん、時間がたてば、そのうちすこしずつかわいらしくなって、こんなに不格好ではなくなるんじゃないでしょうか。この子は卵のなかにながくいすぎたんです。きっとそれがよくなかったんですわ。外見に、それが影響してるんです」母親アヒルはその子の首にそっとくちばしをつけ、羽を整えてやりました。「それに、」そしてこうつけたしました。「オスですから、外見はたいした問題ではないですわ。いずれ立派なアヒルになりますとも、体格がいいですから」

「ともかく、ほかの子どもたちはかわいいよ」年よりアヒルは言いました。「だからみんな、ここでくつろいで暮らすがよかろう。それで、もしうなぎの頭を見つけたら、わしに持ってきてもらえるとありがたいね」

それで、みんなはくつろいで暮らすことにしたのですが、あの、最後に生まれたかわいそうな不格好なアヒルの子は、いつも仲間にかまれたりおしのけられたりし、アヒルたちからも、庭にいるほかの鳥たちからもばかにされていました。「あいつは大きすぎる」みんなそう言いました。けづめがあるので自分を王さまだと思いこんでいる七面鳥などは、帆をいっぱいに張った船みたいに胸をふくらませてやってきて、顔が紫色になるほど興奮して文句をごろごろと鳴きたてたので、かわいそうなアヒルの子は、どうしていいのかわかりませんでした。自分がひどくみにくいせいで、庭じゅうのみんなからこうして笑いものにされているのだと思うと、とてもみじめな気持ちでした。

日がたつにつれ、状況はますます悪くなっていきました。かわいそうなアヒルの子はみんなに追いかけまわされ、兄弟たちや姉妹たちまでもが、彼にいじわるをするようになったのです。「猫がこの子を捕まえてくれればいいのに」兄弟たちはしょっちゅうそんなことを言い、母親アヒルまで、「いっそこの子がいなくなってくれればと思うわ」と言うようになりました。ほかのアヒルたちは彼にかみつき、ニワトリたちは彼をくちばしでつつき、エサをくれる少女は、毎回必ず彼をけるのでした。

ある日、彼は逃げだして、塀を飛びこえたのですが、しげみにいた小鳥たちがびっくりして逃げさったので、アヒルの子は、「これも、ぼくがみにくいからだ」と思いました。かなしみをふりはらうように目を閉じて駆けつづけ、やがて、野ガモたちの住む広い荒野につきました。疲れはて、かなしみでいっぱいだった彼は、そこに横たわって一晩じゅう眠りました。

翌朝目をさますと、野ガモの一群がみんなそろってばさばさと、自分に向かって飛んでくるのが見えました。

「きみはいったい何者だい?」他所者であるアヒルの子をじろじろ眺め、野ガモたちはききます。アヒルの子はあいさつのおじぎをしました。頭をあちこちに向け、ていねいに、みんなに。

「まちがいなく、きみはみにくいな」野ガモたちは言いました。「でもぼくたちは気にしないよ、きみがぼくたちの一族と結婚しないかぎりは」ああ、かわいそうなアヒルの子！　結婚なんて考えてもいませんでした。彼はただ、この葦のしげみに横たわって休み、沼の水をすこしのませてもらいたいだけです。

まる二日間、彼はその湿地で休みました。すると、そこに二羽の野生のガチョウがやってきました（どちらもオスでしたから、野郎のガチョウというべきかもしれませんが）。生まれてからまだ日の浅いガチョウたちで、たぶんそのせいでしょうが、最初に思いうかんだことを、よく考えもせずにしゃべります。

「やあ、きみ」二羽は言いました。「きみはずいぶんみにくいね、気に入ったよ。ぼくたちといっしょにきて、渡り鳥にならないかい？　すぐそこの、となりの荒野にすてきな野生のメスガチョウたちがいるんだ。みんな結婚したがっていて、きれいな声で鳴くよ。いっしょにきて、運だめしをしてみたらどうかな。きみみたいにみにくかったら、気に入ってもらえるかもしれないよ」

ちょうどそのとき二発の銃声が聞こえ、二羽のガチョウは葦のしげみに落下して、二つの死体になりました。沼の水が、血で赤く染まります。さらに二発の銃声が響きわたり、野ガモの群れが葦のしげみからいっせいに飛びたちました。そして、また銃声が響きます。大規模な狩猟がはじまったのです。沼地じゅうに猟師たちが身をひそめ、獲物をねらっています。なかには、水面に張りだした木の枝に腰かけている猟師たちもいます。銃から立ちのぼった青い煙が、木の枝のあいだから雲のようにたなびいて、沼の水の上をゆっくり漂っていきました。猟犬たちが水しぶきをあげながら、そこらじゅうに生えている葦やイグサを踏みたおしていきます。かわいそうなアヒルの子にとっては何もかもがふるえあがるほどおそろしく、頭を羽の下に隠そうとしたのですが、ちょうどそのとき、大きな犬がおどかすようにじりじりと近づいてきました。舌を口からだらりとたらし、目をこわいほどらんらんと光らせて、アヒルの子の顔のまん前に鼻づらを突きだします。鋭くとがった危険そうな歯が見えました。そして……、ばしゃん！　水しぶきをあげ、跳ねるようにどこかへ行きました。おびえきった小さな生きものには何もせずに。

「助かった！」アヒルの子は、ほっとためいきをつきました。「ぼくがあまりにもみにくいから、犬もわざわざかみつきたくなかったんだ」

　そして、葦のしげみを銃弾が飛びかい、耳を聾するばかりの銃声が鳴りひびいているあいだじゅうずっと、アヒルの子はその場にうずくまってじっとしていました。静けさが戻ったのは、その日、かなり遅くなってからでしたが、アヒルの子は、それでもまだその場から動きませんでした。何時間も待ってからやっと、羽の下から頭をだし、まわりを見まわして、できるだけ速く、大急ぎでその沼地から逃げだしました。畑も野原も駆けに駆けて逃げたのですが、途中で嵐が吹きあれ、そうなると、なかなか前に進めないのでした。

　夕方になるころ、一軒のあばら家にたどりつきました。どこもかしこもこわれかけのあばら家で、どっち側に崩れていいのかあばら家自身にもわからないために、かろうじてまだ建っているのでした。すさまじい勢いで風が吹きあれていて、かわいそうなアヒルの子は、吹きとばされないようにおしりを地面にぴったりつけて、その場に踏みとどまるよりありませんでした。嵐はますますひどくなります。そのとき、アヒルの子は、蝶番の一つはずれたドアが傾いていて、ちょうど自分が入りこめるくらいのすきまができていることに気づき、家のなかにもぐりこみました。

このあばら家には一人のおばあさんが、猫とめんどりといっしょに暮らしていました。この猫はムスコガワリという名前で、背中を弓なりにしならせたり、のどを鳴らしたりすることができ、正しくない方向になでられたときに、毛から火花を飛びちらせることもできました。めんどりはミジカドリという名前で、それはこのめんどりが、お話にならないほど短い脚をしているからでしたが、とてもよく卵を産むので、おばあさんはこのめんどりを、とてもかわいがっていました。

朝になると、家のなかに奇妙なアヒルの子がいることに、一匹と一羽はすぐさま気づきました。猫はのどを鳴らしてうなり、めんどりはコッコと鳴きたてます。

「いったいどうしたっていうの?」おばあさんは言い、家のなかを見まわしましたが、この人は目がよく見えませんでしたので、アヒルの子を、どこからか迷いこんだ、すてきに太った大人のアヒルだと思いました。「まあ」彼女は言いました。「いいものを捕まえた。これからはアヒルの卵も手に入るのね。まあ、もしオスでなければだけれど、いずれわかるでしょう」

そこで、アヒルの子は試しに三週間のあいだ飼われることになりました――卵は産まないのですが。この家では、猫が主人でめんどりが女主人でした。「我々と、それ以外の残りものたち」自分たち以外はゴミだとでも言わんばかりに、彼らはよくそんな言い方をしました。アヒルの子には、それはあまり正しい考え方ではないように思えましたが、めんどりはいつも、彼に身の程をわきまえさせようとしました。

「おまえ、卵は産めるの？」めんどりはたずねます。

「いいえ」

「では、口をつぐんでいてくださる？」

そして、猫はこう言いました。「きみ、背中を弓なりにしならせることはできるのか？　ごろごろとのどを鳴らしたり、火花を散らしたりすることは？」

「できません」

「では、我々のような上等な生きものが話をしているとき、自分の意見を言うのは控えてくれ」

アヒルの子は部屋のすみにうずくまり、つくづく悲しくなりました。そして、おもての新鮮な空気や、お日さまの光のことを考えました。すると突然、水に入って泳ぎたくてたまらなくなり、その気持ちがあまりにも強くてがまんができず、めんどりにそれを打ちあけました。

「おまえ、いったいどうしちゃったの？」めんどりは言いました。「そんな奇妙な考えがそのだめな頭に浮かぶのは、おまえがただそこに座って、何もしていないからよ！　卵を産むとか、のどを鳴らすとか、何かしてごらんなさい！　そうすれば落ちつきますよ、そうですとも」

「だけど、水のなかって、ほんとうにすてきなんだよ」アヒルの子は言いました。「頭の上まですっかり水にもぐって、いちばん底までまっすぐにおりていくのってすばらしいんだ」

「あらそう、それはさぞすばらしいんでしょうよ！」めんどりは言いました。「おまえは頭がどうかしちゃってるわ！　猫にきいてごらんなさい。彼より賢い生きものはいないんだから、水に入って泳いだり、底までもぐったりすることが好きかどうか、きいてみるといい。私にはきかないでよ、こたえるのもばかばかしい。いっそ、おまえの飼い主のあのおばあさんにでもきいてみたらどう？　人間としては賢い人だから。でもおまえ、彼女が水に入って泳いだり、頭の上まで水に沈んだりしたがると思う？」

「ぼくの言ってること、あなたにはわからないんだね」アヒルの子は言いました。

「へえ、もし私にわからないことなら、いったい誰にわかるっていうのか知りたいもんだわ！　おまえは自分を猫よりおばあさんより――私のことはともかく――賢いとうぬぼれてるのよ！　そんな生意気な考えはいますぐ改めることね、子どものくせに！　こんなに親切にしてもらっているんだから、すこしは感謝したらどうなの！　暖かい部屋や、いろいろ教えてくれる仲間が見つかって、幸運だったと思わないの？　思わないのね、おまえはただのおしゃべり屋よ。おまえみたいなやつといっしょにいるのは不愉快だわ！　よく聞きなさい、おまえのためを思って言っているのよ。つらいかもしれないけど、ほんとうのことを教えてあげるの、それがほんとうの友だちっていうものだからよ。さあ、しっかりして！　卵を産むとか、のどの鳴らし方を覚えるとか、火花を散らすとか、何か努力をしなさい！」

「ぼく、広い世のなかにでていこうと思う」アヒルの子は言いました。

「あらそう、じゃあ勝手にしなさい」

こうしてアヒルの子はあばら家をでました。水に入って泳いだり、水中深くもぐったりしましたが、ほかの動物たちはみんな、みにくい彼のそばには寄りたがりませんでした。

そのころには秋になっていました。森の木々の葉は黄色や茶色に変わり、風が落ち葉をくるくると舞いあげて、ふぞろいなダンスを踊らせます。雲のたれこめた空は寒々しく、空気は雪や氷のかけらで重く湿っていました。塀の上の大ガラスがカアカア鳴いて、まじりけのない寒さに不平を言っています。その声が、あたりをよけいに寒々しくします。かわいそうなアヒルの子は、さびしくて寒くてみじめでした。

ある夕方、輝かしい日没を背景にして、凛々しい鳥の群れがしげみから舞いあがりました。アヒルの子は、こんなに美しいものをそれまで見たことがありませんでした。みんな、まぶしいほどの純白で、優雅な長い首をしています。彼らはもちろん白鳥でした。そして、並はずれて奇妙な声で一声鳴くと、すばらしく大きなつばさを広げ、湖が凍ったりしない、遠い暖かい土地に向かって飛びたちました。高く、さらに高く舞いあがります。それを見たみにくいアヒルの子は、わけのわからない胸苦しさでいっぱいになりました。水のなかをぐるぐる泳ぎまわり、頭を空中に突きだしては彼らの方に向け、あの奇妙な鳴き声をだしてみましたが、その声の奇妙さに、彼は自分でもぎょっとしました。ああ、あの美しい清らかな鳥たちを、自分はもう決して忘れられないだろう——彼らの姿が視界から消えると、アヒルの子は水底にまっすぐもぐりましたが、ふたたび水面に浮かびあがったとき、かつてない特別な気持ちで、そう思いました。アヒルの子は、あの鳥たちの名前も、どこに飛んでいったのかも知りませんでしたが、あの鳥たちのことが、これまでに一度も感じたことのない熱烈さで好きになっていました。うらやましいと思ったわけではありません——あんな美しさは、自分とは無縁だと知っていました。でも、仲間であるアヒルたちにさえ受けいれてもらえなかったのですから、ほんとうにかわいそうな、みじめな境遇の子です!

そして、その冬はひどく寒い冬でした。アヒルの子は、水が完全に凍ってしまわないように、水中を泳ぎまわりつづけなくてはなりませんでした。けれど一晩ごとに、彼の泳げる水面は小さく、さらに小さくなっていきます。水はどんどん凍りつき、氷の表面がピキピキと音を立てます。アヒルの子は氷に閉じこめられてしまわないように、ずっと脚を動かしつづけなくてはなりませんでした。しまいにすっかりくたびれはて、じっとうずくまっているしかなくなって、氷に閉じこめられ、たちまち凍りつきました。

次の朝早く、たまたま通りかかった農夫がアヒルの子を見つけました。農夫は木靴で氷を割り、奥さ

んの待つ家に連れて帰ります。こうしてアヒルの子は命びろいしました。農夫の子どもたちは、その鳥とただいっしょに遊びたかっただけなのですが、いじめられるかもしれないと思ったアヒルの子は、おびえて牛乳桶のなかに飛びこみ、部屋じゅうに牛乳をはねちらしました。奥さんが叫び声をあげ、両手をぱんぱん打ち鳴らしたので、びっくりしたアヒルの子は、今度はバターの桶に飛びこみ、さらに小麦粉の樽にも飛びこんで、そこからもまた、飛びでてきました。そんなことを全部したあとの彼がどんなふうに見えたか、想像がつくはずです！　奥さんはぎゃあぎゃあわめきたて、アヒルの子に火箸を投げつけました。子どもたちは笑ったり叫んだりし、アヒルの子を捕まえようとして、互いにつまずいてひっくりかえります。運よく、ドアがたまたまあいていましたので、このかわいそうな生きものは、そこから外に飛びだし、降ったばかりの雪におおわれたしげみのなかに、飛びこむことができました。そして、そこに、茫然としてうずくまりました。

厳しい冬のあいだじゅう、このかわいそうなアヒルの子が強いられた試練を、すべてお話しするのは悲しすぎるでしょう。最終的に、彼は葦に囲まれた沼地で気を失っていました。ふたたびお日さまがあかるく輝き、ヒバリが歌いだすまでずっと。美しい春がやってきたのです。

息を吹きかえしたアヒルの子は、つばさを広げてみました。すると、つばさが以前よりも力強く空気をたたき、アヒルの子はやすやすと飛びたちました。そして、その喜びを十分に味わうまもなく、満開のりんごの木でいっぱいの、広い庭にさしかかりました。ライラックの花の、いい匂いもしています。

ライラックの木は、その緑の長い枝を、蛇行する運河の上にたらしていました。なんて輝かしく美しい場所なのでしょう。どこもかしこも、春の新鮮さでいっぱいです。そして、そのときしげみから姿を現したものは何だったでしょう？　三羽の、純白の、白鳥でした。羽をさらさらと風に鳴らし、水の上を、すべるようになめらかに泳いでいます！　それがあのすばらしい生きものたちだとわかると、アヒルの子はわけのわからない胸苦しさに圧倒されました。

「あの堂々とした鳥たちのところまで行ってみよう」彼は思いました。「こんなにみにくいぼくが大胆にも近づいたら、彼らに殺されるかもしれない。でも、それでもかまわない。アヒルにかまれたり、めんどりにつつかれたり、エサをくれる少女に追いかけられたり、次の冬もまた飢えたりするよりは、彼らに殺された方がいい」そこで、彼は水に飛びこみ、美しい白鳥たちのいる方に泳ぎました。白鳥たちはアヒルの子を見ると、さらさらと羽の音を立てながら、水面をすべるように近づいてきました。「いいからぼくを殺してくれ」かわいそうな生きものは言い、平らな水面に、頭を低くさげました。でも、その澄んだ水に、何が見えたでしょう？　彼が見たのは水に映った自分の姿でしたが、それはもはや、ぶかっこうでみにくい灰色の鳥ではありませんでした。彼の目に映っていたのは、雪のように白い白鳥でした！　もし本物の白鳥の卵からかえったのであれば、アヒル小屋で生まれたとしても、まったく問題ではありません！

彼は幸福に胸をふるわせました。これまでにくぐりぬけてきたすべての困難、すべての苦労を思うと、

いま目の前に広がっているすべての美しさ、すべての幸運が、より深い喜びとなって彼の心におしよせるのでした。優美な白鳥たちは、ゆっくりと彼のまわりに泳いで集まってきて、くちばしでそっと彼をなでました。小さい子どもたちが庭に走ってきて、水のなかにパンくずや麦つぶを投げいれます。いちばん小さい子が叫びました。「見て！　新しい白鳥がいるよ！」すると、ほかの子たちも口々に叫びます。「ほんとうだ！　新しい白鳥が到着したんだね！」みんな手をたたいたり、踊るように飛びはねたりし、お母さんやお父さんのところに駆けていくと、もっとたくさんのパンやケーキが水のなかに投げいれられました。「この新しい白鳥がいちばんきれいですね」大人たちは言いました。「すごく若くて、上品な顔立ちをしていますね！」すると、もとからいた白鳥たちが、彼に向かってうなずいてみせました。

彼は照れくさくなり、つばさの下に頭を隠しました。

あまりにも幸せで、どうしていいのかわからなかったのです。けれどうぬぼれたりはしませんでした。すこやかな心というのは、そういうものです。彼は、自分がこれまでどんなにひどいあつかいを受け、きらわれてきたかに思いをはせました。そして、でも、人々はいま口をそろえて、すべての白鳥のなかで彼がいちばん美しいと言っているのです！　背の高い木が水面に枝をのばし、彼の目の前で風に葉をそよがせています。お日さまは暖かくあかるく輝いています。彼は羽をさらさら言わせ、ほっそりした首をあげると、喜びに満ちた心のなかでこう考えました。

「こんなにすばらしい日がくるなんて、思ってもみなかったよ、ぼくがみにくいアヒルの子だったときにはね！」

# 火口箱（ほくちばこ）

一人の兵隊が、広い道を行進してきます。イチ、ニ！　イチ、ニ！　イチ、ニ！　背中にナップザックを背負い、腰に剣をさげています。戦争で戦って、故郷に帰るところなのでした。すると、途中で年老いた魔女に会いました。ひどくみにくく、下唇は胸までたれさがっています。

「こんばんは、兵隊さん」魔女は言いました。「いい剣をぶらさげてるね。背中にはナップザックをしょってるし。本物の兵隊さんなんだね！　いいことを教えてあげようか。あんたはほしいだけたくさんのお金を手に入れられるよ！」

「それはどうもありがとう、年老いた魔女」兵隊は言いました。

「あそこに大きな木があるだろ？」近くの木を指さして、魔女は言います。「なかはすっかり空洞になってる。てっぺんまで登れば、穴があいてるのがわかるはずだよ。まっすぐ下にすべりおりれば、木の底につく。でも、まず体にロープを結んでやろう。そうすれば、あんたがあたしを呼んだとき、引っぱりあげてやれるからね」

「木の底で、何をすればいいんです？」兵隊はききました。

「金を手に入れるのさ！」魔女は言います。「木の底におりると、そこは長い廊下なんだけど、ちっとも暗くはないよ、百ものランプで照らされてるからね。扉が三つあるのが見えるはずだよ。鍵穴にはどれも鍵がささってるから、それをまわしてあければいい。最初の部屋に入っていくと、まんなかに大きな衣装箱があって、その上に大きな犬が座っている。その犬の目はティーカップくらい大きいんだけど、そんなの気にする必要はない。おまえにあたしの青いチェックのエプロンをやろう。その犬のところまで堂々と歩いていって、床にエプロンを広げ、その上に犬を座らせればいい。それから衣装箱をあけて、好きなだけ金をとるがいい。でも、それは全部銅貨だよ。もし銀貨もほしければ、次の部屋に入っていかなくてはならない。そこにいる犬の目は水車くらい大きいんだけど、気にすることはない。犬をあたしのエプロンの上に座らせて、好きなだけ銀貨をとるがいい。で、もし金貨もほしいなら、三番目の部屋に入っていかなきゃならないだろうね。そこにいる犬の目は、おまえには想像もつかないくらい大きいよ――なにしろ左右の目がそれぞれ、コペンハーゲンの円塔くらい大きいんだから。そいつはちょっとした犬でね、ほんとうだよ！　だけど、心配することはない。あたしのエプロンの上に座らせさえしたら、何の悪さもしないからね。そうしてから、好きなだけ金貨をとるといい」

「まったく悪くない話ですね」兵隊は言いました。「でも、ぼくはあなたに何をさしあげればいいんですか、年老いた魔女。何の対価もなくそんな金が手に入るとは思えない」

「それはまちがってるよ、兵隊さん」魔女は言いました。「あたしはあんたから一ファーシングだってとるつもりはない。ただ、あたしのために古い火口箱を持ってきてもらいたいんだ。あたしのおばあさんが、最後にそこへおりていったときに忘れてきたものでね」

「いいでしょう」兵隊は言いました。「そのロープをぼくの腰に巻きつけてください」

「さあ、巻きつけたよ」魔女は言いました。「そして、これがあたしの青いチェックのエプロンだ」

こうして兵隊は木に登り、空洞になった幹に入って、底におりたちました。魔女の言ったとおり、そこは無数のランプに照らされた長い廊下です。兵隊は、最初の扉をあけました。ひゃあ！　そこには、ティーカップみたいに大きな目をした犬がいて、彼をにらみつけてくるではありませんか。

「おまえはいいやつだ、そうだろう？」兵隊は言い、犬を魔女のエプロンの上に座らせると、銅貨をたくさん、ポケットにつめこめるだけつめこみます。それから衣装箱のふたを閉め、犬をその上にのせると、二番目の部屋に入っていきました。うわあ！　そこには、水車ほども大きな目をした犬が座っています。

「そんなふうにぼくをにらまないでくれ、疲れ目になっちゃうぞ！」兵隊は言い、犬を魔女のエプロンにのせましたが、衣装箱のなかの銀貨を目にすると、ポケットから銅貨を全部投げすてて、ポケットにもナップザックにも、銀貨をぎっしりつめこみました。そして三番目の部屋に入ります。なんとおそろしい光景が彼を出迎えたことでしょう！　この部屋の犬は、ほんとうにコペンハーゲンの円塔ほども大きな目をしており、それが犬の顔の上で、車輪みたいにくるくるまわっているのでした。

「やあ、こんばんは」兵隊は言い、帽子にさわってあいさつしました。こんな犬は、これまでの人生で一度も見たことがなかったからです。けれど、そう長く見つめていたというわけでもなくて、というのも、早く仕事にとりかかった方がいいと思ったからで、兵隊は犬をエプロンに乗せ、衣装箱をあけました。おやおやおや、なんとまあ！　途方もなく大きな金貨の山です！　これだけあれば、コペンハーゲンの街全体だって買えるでしょう。いうまでもなく、世界じゅうのお菓子屋さんの作る砂糖菓子の豚や、世界じゅうのスズの兵隊、世界じゅうの鞭だって揺り木馬だって買えるでしょう。ええ、そのくらいたくさんのお金です！

兵隊は、ポケットとナップザックから銀貨を全部だして投げすて、かわりに金貨を集めてつめこみました。どのポケットも、ナップザックも、ブーツのなかも帽子のなかも、金貨であまりにもどっさりいっぱいにしたもので、重くて歩けないほどでした。これでもう、お金に困ることはないでしょう！彼は犬を衣装箱の上に戻し、部屋の扉を閉めると、上に向かって叫びました。「さあ、ぼくを引っぱりあげてください、年老いた魔女！」

「火口箱は手に入れたかい？」魔女がききます。

「そうだった！」兵隊は大きな声をだしました。「すっかり忘れてたよ」

そこで彼はとりに戻り、火口箱を引っつかむと、魔女に体を引きあげてもらいました。ふたたび広い道に立った彼は、ポケットのなかもナップザックも、ブーツも帽子も金貨でいっぱいでした。

「この火口箱をどうするつもりなんですか？」兵隊はききました。

「それはおまえには関係のないことだよ」魔女は言いました。「もう金は手に入れたんだから、その火口箱をよこしなさい」

「おいおい、ごあいさつだな」兵隊は言いました。「この火口箱をどうするつもりか正直に言わないと、剣をぬいておまえの頭を切りおとすぞ」

「言うもんか！」魔女は叫びました。

そこで、兵隊は魔女の頭を切りおとし、魔女はばったり倒れました。それから兵隊は金貨を全部魔女のエプロンに包んでしばり、肩にかつぐと、火口箱をポケットにつっこみ、まっすぐ街に向かいました。

それは立派な街でした。兵隊は、うんとお金のある人間にふさわしく、最高級の宿屋に入り、いちばんいい部屋をとると、レストランのメニューのなかで、いちばんおいしそうなものだけを選んで注文しました。兵隊のブーツをみがいた靴みがきの少年は、こんなお金持ちの紳士にしては、ずいぶんくたびれた靴をはいているなあと思いました（兵隊は、まだ新しいブーツを買っていなかったのです）。そこで兵隊は、次の日さっそく新しいブーツを買い、しゃれた服もいっしょに買いそろえました。いまや立派な紳士となりましたので、人々は彼に、街のニュースをいろいろ聞かせたがりました。王さまのことや、王さまのかわいい娘であるお姫さまのことも。

「どうすればそのお姫さまに会えるのです？」兵隊はききました。

「ああ、それが、誰もお姫さまには会えないのです」街の人々は言いました。「お姫さまは、たくさんの塀や塔に囲まれた、銅でできた大きなお城にお住まいなのですが、そこに出入りできるのは王さまだけです。なぜなら、このお姫さまはただの兵隊と結婚するだろうと予言されていて、王さまはそれにがまんがならないからなんです」

「それでも彼女を一目見たいものだ」兵隊は思いましたが、そんなことが許されるはずもありません。

とはいえ、それでも兵隊は十分愉快に暮らしていました。劇場にでかけたり、王立公園を馬車でまわって、貧しい人々に施しをしたり。苦労した昔の経験から、一文なしだとどんなに困るか、よく知っていたのです。いま、彼は裕福で、上等な服を着ており、友人もたくさんいます。みんな、彼をめったにいない善人で、ほんとうの紳士だと言ってほめてくれます。そんなふうに言われると、兵隊はとてもうれしいのでした。けれど毎日お金を使い、稼ぐことをしなかったので、じきに彼のポケットには二ペンスしかなくなりました。それで、しゃれたアパートから小さな屋根裏部屋に引っ越さなくてはならなくなり、のみならず、ブーツには自分でブラシをかけ、破れれば自分で繕うよりなくなりました。

友人たちも、もう誰も会いにきてはくれません。屋根裏なので、階段をたくさんのぼらなくてはならないからです。

ある夕方、おもてが暗くなってきても彼にはろうそくを買うお金がなく、そのとき、火口箱のなかに火打ち石が残っていたことを思いだしました。魔女におろしてもらった空洞の木の底から、彼がつかみとってきたあの火口箱です。兵隊はそれをとりだしました。けれど打ちつけた火打ち石から火花が飛びちるやいなや、ドアがばたんと大きくひらき、ティーカップほども大きな目をした、あの犬がそこに立っていました。そして言います。

「ご主人さま、何をお望みですか？」

「これはいったいどういうことだ？　もし望みの物が手に入るのなら、これはそうとう特殊な火口箱だぞ」兵隊は思い、「金がほしい！」と犬に言ってみました。すると犬はひゅん！　と姿を消し、ひゅん！　と戻ってきたのですが、そのときには口に、銅貨でいっぱいのかばんをくわえていました。

　これで、兵隊にもこの火口箱のすばらしさがわかりました。一度打つと銅貨の衣装箱の犬が現れ、二度打つと銀貨の衣装箱の犬が現れて、三度打てば、金貨の衣装箱の犬が現れるのです。そういうわけで、彼はまたしゃれたアパートに戻り、上等な服を着られるようになりました。もちろん、むかしの友人たちもみんな、また彼を大好きになりました。

　けれどあるとき、じっくり考えた兵隊は、こうひとりごとを言いました。「誰もお姫さまに会えないなんて、ひどくへんな話じゃないか。みんな、お姫さまをすばらしく美しいと言うけれど、もし彼女が残りの人生をずっと、塔に囲まれたその銅の城で暮らすとしたら、どんなに美しくたってなんにもならない。なんとかして彼女に会う方法があるはずだ。よし、ぼくの火口箱はどこだ？」兵隊が火を打つと、ひゅん！　と、ティーカップ目玉の犬が部屋に入ってきました。

「真夜中なのはわかっている」兵隊は言いました。「でも、かまうものか。どうしてもお姫さまに会わなくちゃならない。ほんの一日だけでも」

　またたくまに犬はドアをぬけてでていき、お姫さまを連れて、たちまち戻ってきました。ついに実物

を見ることができたのです。お姫さまは犬の背中でぐっすり眠っていましたが、その可憐なことといったらこのうえもなく、これこそほんもののお姫さまというものだ、と、誰だって一目見ればわかったでしょう。兵隊は、キスをせずにはいられませんでした。ほんものの兵隊でしたから！　それから、犬はお姫さまをまた城に連れ帰りましたが、翌朝、王さまとお妃さまがお茶をのんでいると、お姫さまがやってきて、犬と兵隊がでてくる奇妙な夢を見たのだと話しました。夢のなかで自分は犬に背負われ、兵隊が自分にキスをしたのだ、と。

「あら、それはとってもたのしそうな夢ね」お妃さまは言いましたが、ある古株の女官に、次の夜にはお姫さまのベッドのそばで見張っていて、それがほんとうにただの夢だったのかどうか、たしかめるように命じました。

　一方、兵隊はといえば、ああ、お姫さまにもう一度会いたくてたまりませんでした。そこでまた犬が登場し、お姫さまをお城から連れだします。犬は、四本の足をできるかぎり速く動かして走ったのですが、古株の女官もじょうぶな長靴をはいて、おなじくらい速く犬のあとを追いました。そして、犬とお姫さまが大きな建物のなかに消えたのを見ると、「これで場所はわかった」と思い、その建物のドアにチョークで大きなバツじるしをつけると、家に帰ってやすみました。けれど、お姫さまを城に連れ帰った犬もまた、兵隊の住む建物のドアにつけられたバツじるしを見ると、街じゅうのすべての建物のドアに、チョークでバツじるしをつけてまわりました。とても抜け目のない行動でした。なぜって、これでどのドアも見分けがつかなくなりましたから。

翌朝いちばんに、王さまとお妃さまと古株の女官は、ほかのお役人たちをともなって、お姫さまをさらった者の家をさがしにいきました。

「ここだ！」バツじるしのつけられた最初のドアを指さして、王さまが叫びます。

「いいえ、あなた、こっちですわ！」お妃さまも叫びました。

「だけど、あっちにもあるぞ」「あら、こっちにもあります」みんな、口々に言いました。どっちを向いても、バツじるしのついたドアばかりなのです。これではさがしようがなく、みんなあきらめて帰りました。

けれど、このお妃さまはとても賢い女性で、馬車に乗ってあちこちでかけるだけが能ではありませんでした。大きな金のハサミを手にし、たっぷりした絹の布を細かく切ると、それを使って、かわいらしい袋を縫いあげました。その袋に上等な小麦粉をつめ、お姫さまの背中にくくりつけると、仕上げに、袋に小さな穴をあけます。こうすれば、粉がすこしずつこぼれて、お姫さまの通る道がすっかりわかりますからね。

その夜も、また犬がやってきて、お姫さまを背中に乗せて、兵隊のところに運んでいきました。この兵隊は、いまやお姫さまを深く愛するようになっていて、もしも自分が王子であれば、結婚を申しこむのにとまで思いつめていたのです。

お城から兵隊の部屋まで、さらさらと粉がこぼれつづけていることに、犬はすこしも気づきませんでした。ですから、前の晩とおなじように、ただ懸命に走りました。朝になると、王さまとお妃さまには、娘のいた場所がはっきりとわかりました。兵隊は捕えられ、牢屋に閉じこめられました。

彼はいま、だからそこに座っています。ああ、なんて暗くていやなところでしょう！

「あした、おまえは縛り首になる」そう告げられていました。笑いごとではありません。おまけに、最悪なのは、あの火口箱を家においてきてしまったことでした。朝になり、小さな牢屋の窓にはめられた鉄格子ごしに、人々が、兵隊の処刑場所である街はずれをめざし、見物しようと急ぎ足でかけていくのが見えました。ドラムロールが聞こえ、衛兵たちが行進する足音も聞こえます。どうやら街じゅう総出のようです。そのなかに、革の前かけをして革のスリッパをはいた、靴屋の少年がいました。早く行こうとあわてて走りすぎたために、はいていたスリッパが片方脱げてすっとび、それが、兵隊が悲しく見つめていた鉄格子にぶつかりました。

「おい、きみ、少年！」兵隊は呼びかけました。「なぜそんなに急ぐ？　ぼくがここをでるまでは、何もはじまらないんだぞ！　でも、もしきみがぼくの住んでいたところまで急いでいって、火口箱をとってきてくれたら、駄賃として四シリングやろう。ただし、うんと急いでくれよ！」少年は四シリング稼ぐチャンスにとびついて、火口箱をとりに駆けだしました……さあ、それから何が起きたか、見てみることにしましょう。

街はずれには、大きな絞首台が設置されていました。まわりを、直立した衛兵たちと、数えきれないほどたくさんの人々がとりかこんでいます。裁判官もいました。お役人たちも。そしてもちろん王さまとお姫さまも、立派な玉座に腰かけていました。

兵隊ははしごをのぼります。が、絞首台に立ち、首にロープを巻きつけられるというまさにそのとき、はっきりと声を張って、こう言いました。「ご存知のとおり、どんな罪人でも、処刑される前にはささやかな願いごとを一つ聞きとどけてもらえるのがならわしです。私にタバコを吸わせてください。この世での、最後の一服になるでしょうから」

王さまも、これにはだめだとは言えませんでしたから、兵隊はポケットから火口箱をとりだして、火を打ちました。すると！　一匹、二匹、三匹の犬がそろって、飛びはねるように現れました。ティーカップ目玉の犬と、水

車目玉の犬、それにコペンハーゲンの円塔目玉の犬もいます。

「助けてくれ！」兵隊は叫びました。「さもないと、縛り首にされちまう」

三匹は、裁判官と役人たちに飛びかかり、脚でけりあげたり鼻で突きあげたり、肩で持ちあげたりして空高く放りなげましたので、落ちてきたとき、その人たちは体がばらばらになっていました。

「やめてくれ！」王さまは叫びましたが、いちばん大きな犬が王さまとお妃さまを捕まえて、ほかの人たちとおなじように放りなげました。衛兵たちがすっかりふるえあがっている一方で、人々は口々に、

「小さな兵隊さん、ぜひとも我々の王さまになって、かわいいお姫さまと結婚してください！」と言いました。

人々が兵隊を王さまの馬車に乗せると、三匹の犬たちはその馬車の前で踊り、「ゴキゲンだぜ！」と言いました。少年たちは指笛を鳴らし、衛兵たちは、ささげ銃の姿勢をとりました。

お姫さまは、銅の城から外にでて、お妃さまになったのですが、それをどんなに喜んだことでしょう！　結婚のお祝いは、まるまる一週間続きました。三匹の犬はそのあいだじゅうテーブルのそばにいて、大きな大きな目でみんなを見ていました。

# おやゆび姫

むかし、あるところに、あどけない小さい子どもがほしいと心から願っている女の人がいました。でも、どこから手に入れればいいのかわかりません。それで、年をとった魔女のところに行って、「小さい子どもが一人、とてもほしいんです。どうすれば手に入るでしょうか」とききました。

「ああ、それなら、」魔女は言いました。「なんとかなると思うね。この麦つぶを持っていきなさい——これは、農夫が畑にまいたり、ニワトリがついばんだりする麦つぶとはちがうんだよ。植木鉢に植えてごらん、そうすればわかるから」

「ほんとうにありがとうございます」女の人は言い、魔女に十二ペンス払うと、家に帰ってその麦つぶを植えました。たちまち芽がでてするすると茎がのび、大きな、美しい花がつきました。チューリップにそっくりですが、花びらがきつく閉じていて、まるで、ずっとつぼみのままでいようと決めているかのようでした。

「なんてかわいい花だこと」女の人は言い、赤と黄色の、その美しい花びらに唇をつけました。とたんに、ぱちん！　という大きな音を立てて花びらがひらきました。やっぱりチューリップです。でも、まんなかの、緑色のめしべの上に、小さい小さい女の子が座っていました。なんてかわいらしい、なんて華奢な女の子でしょう。普通の人の親指の、半分ほどしか背丈がありません。そこで、女の人はこの子に、おやゆび姫という名前をつけました。みがいたきれいなクルミの殻が、この子のゆりかごになりました。敷きぶとんは青いスミレの花びらで、掛けぶとんはバラの花びらです。夜になると、おやゆび姫はそこで眠りました。でも昼のあいだは、テーブルの上で遊びます。テーブルには、水をはったお皿を一枚、女の人がおいてくれていました。お皿のまわりを、茎のついた花の輪飾りがぐるりととりかこみ、茎は、みんな水にひたしてありました。チューリップの大きな花びらが一枚、水に浮かべてあります。おやゆび姫はその花びらの上にのり、二本の馬の毛を櫂にして、お皿のはしからはしまで漕いで遊ぶのでした。その様子は、ほんとうにかわいらしいものでした。おやゆび姫は、歌うこともできました。それまで誰も聴いたことがないくらい、澄んだ、美しい声で歌います。

ある夜、おやゆび姫が自分のゆりかごで眠っていると、窓の、ちょうど割れていたところから、気味の悪いヒキガエルが一匹、びたんと飛びこんできました。大きな、太った、濡れたそのヒキガエルがテーブルに飛びのると、そこにはおやゆび姫が、赤いバラの花びらをかけて眠っていました。

「この子、うちの息子のお嫁さんにちょうどいいね」ヒキガエルはそう思い、クルミの殻を、なかで眠っているおやゆび姫ごと抱えあげると、びたん、びたんと跳ねながら、割れた窓から外にでて、夜の庭に姿を消しました。このヒキガエルは、大きくて幅の広い川のそば、ぐちゃぐちゃの泥でできた土手に、息子と住んでいました。ああ！　この息子というのがまた母親にそっくりの、みにくくて気味の悪いヒキガエルなのでした。眠っているかわいらしい女の子を見ても、この息子には、「ゲロゲロ！　ゲラゲラ！　グルグルグ！」としかいえませんでした。

「そんなに大きな声をだすんじゃないよ！」ヒキガエルの母親は言いました。「この子が目をさましちゃうじゃないか。そしたらきっと、すぐに逃げられてしまうよ、なにしろこの子は白鳥の羽根みたいに軽いんだから。大きなスイレンの葉っぱにのせて、水に浮かべておくとしようね。この子はひどくちっぽけだから、島にいるようなもので、そこから逃げられるはずはないからね。そのあいだに、私たちは泥のなかで、部屋を整えておくとしよう、当面おまえがこの子と住めるように。で、家はおいおい大きくしていけばいいよ」

その川には、スイレンがたくさん生えていました。その、たくさんの大きな葉っぱは、まるで浮かんでいるように、水面にでています。ヒキガエルの母親は、いちばん遠くにある、いちばん大きな葉っぱまで泳いでいき、そこに、おやゆび姫をクルミの殻ごとおいてきました。次の朝早く、目をさましたかわいそうな女の子は、自分のいる場所に気づくと、おびえて泣きだしました。葉っぱのまわりは見わたすかぎり水で、陸地には、とても近づけなかったからです。

母親ガエルは泥のなかに座って、息子のお嫁さんのために、部屋をスゲや葦で飾りつけました。それから息子といっしょに、おやゆび姫のいる葉っぱまで泳いで戻りました。女の子本人より先に、かわいらしいクルミのベッドをまず持ち帰り、新婚夫妻の部屋にすえる必要がありました。葉っぱまで泳ぎつくと、母親ガエルは水のなかで深く腰をかがめ、おやゆび姫におじぎをしてこう言いました。「これがうちの息子、あなたの夫よ。これからあなたたちは泥のなかで、末ながく幸せに暮らすことになるのよ」「ゲロゲロ！　ゲラゲラ！　グルグルグ！」今度も、息子の言ったことはそれだけでした。二匹がかわいらしいベッドといっしょに泳いでいってしまうと、一人とり残されたおやゆび姫は、緑の葉っぱの上で、座りこんで泣きました。気味の悪い母親ガエルと生活したくはありませんでしたし、みにくい息子と結婚したくもなかったからです。水のなかを泳いでいた魚たちは、一部始終を見聞きしていました。それでみんな水の上に顔をだし、女の子を一目見ようとしました。一目見るやいなや、魚たちはこの小さな女の子の美しさに気がつきました。そして、泥のなかでみにくいヒキガエルと暮らさなくてはならないなんて、かわいそうだと思いました。だめです！　そんなこと、あっていいわけがありません！　そこで、水のなかで群れをなし、女の子の乗った葉っぱの茎を、みんなですこしずつかみちぎりました。茎がちぎれると、葉っぱは水の流れのままに、どんどん川を下っていきました。どんどん遠く、ヒキガエルたちが追ってこられないほど遠くまでです。おやゆび姫は、たくさんの土地を通りすぎ、水の上を漂っていきました。やぶにとまっていた小鳥たちが歌いかけます。「やあ、なんてかわいいお嬢さん」

　スイレンの葉っぱはどこまでも漂っていきます。遠くに、もっと遠くに。こうして、おやゆび姫は、よその国に運ばれました。かわいい小さな白いちょうちょが、おやゆび姫のまわりをひらひら飛びまわっていたかと思うと、葉っぱの上にとまりました。おやゆび姫を、すっかり気に入ってしまったのです。おやゆび姫も、とてもあかるい気持ちでした。ヒキガエルたちはもういません。あたりの景色はすてきです。お日さまのあたる水面は金色に輝き、葉っぱは、その上をすべるように流れていきます。おやゆび姫が、ウエストに巻いていたりぼんをはずして、片方のはしを葉っぱに、もう片方のはしをちょうちょに結びつけると、葉っぱはもっとずっと速く流れるようになりました。

そのときです。大きなコガネムシが飛んできて、おやゆび姫を見るなり前脚をのばして、おやゆび姫の細い胴体をつかむと、木の上に連れさりました。スイレンの葉っぱは流れていきます。ちょうちょごと。りぼんで結びつけられていますから、離れることができないのです。なんていうこと！　大きなコガネムシにつかまれて空に舞いあがるなんて、おやゆび姫は、どんなにこわかったことでしょう！　でも、何よりも悲しかったのは、自分が葉っぱに結びつけてしまった、あの白いかわいらしいちょうちょのことでした――どこへも飛んでいかれず、このままでは飢え死にしてしまうでしょう。けれど、コガネムシはそんなこと気にもしません。いちばん大きな葉の上におやゆび姫をおろすと、花の蜜をとってきてたべさせました。そして、おやゆび姫に、コガネムシとはすこしも似ていないけれどきみはかわいい、と言うのでした。

しばらくすると、その木に住むほかのコガネムシたちがみんな、おやゆび姫を見にやってきました。そして、コガネムシの夫人たちは触角をぴくぴくさせながら、「脚が二本しかないわ。みすぼらしい！」とか、「まあ、触角もないじゃないの！」とか、「胴体のなんて細いこと！　まるで人間みたいだわ。

みっともない！」とか、口々に言いました。もちろんおやゆび姫はとても美しいのですし、彼女を連れてきたコガネムシもそう思ったからこそ連れてきたのですが、みんなが口をそろえて彼女をみにくいと言うので、このコガネムシ自身も、みんなの言うとおりであるような気がしはじめ、それで、もう、おやゆび姫のことはどうでもよくなってしまいました――きみ、さっさと、どこにでも行ってくれ！　コガネムシたちは、おやゆび姫を木からおろして、デイジーの花の上にのせました。おやゆび姫はそこに座って泣いたのですが、それは、コガネムシたちにも追いだされてしまうほど、自分がみにくいのだと思ったからです。ですが、もちろん、実際には、信じられないほど愛らしく、優雅で、上品で、この世でいちばんきれいなバラの花びらとおなじくらい清らかな存在でした。

　夏のあいだじゅう、かわいそうなおやゆび姫は、その森のなかで、一人ぼっちで暮らしました。緑の茎で自分のベッドを編んで、密集した大きな葉の下につるしましたから、雨が降っても濡れずにすみました。自分で花の蜜をしぼってたべ、毎朝、葉っぱの上におりる朝露をのみました。そうやって、夏と秋は過ぎました。けれど冬がやってきました――ながく、寒い冬です。夏じゅう美しい歌を聞かせてくれていた鳥たちも、どこかへ飛びさっていきました。木々も花々も枯れ、ベッドをつるしていた大きい葉っぱもすっかりしなびてしまって、黄色く乾いた茎だけの姿になりはてました。おやゆび姫は、おそろしい寒さにふるえています。いまや服があちこち裂けていましたし、そもそもとても小さくて、繊細な体の持ち主なのです。かわいそうなおやゆび姫！　凍死するよりないのでしょうか？　雪が降りはじめました。背丈が一インチにも満たないおやゆび姫にとっては、落ちてくる雪片の一つ一つが、シャベルいっぱいの雪を投げつけられるような衝撃です。枯れた葉っぱにくるまってはいましたが、ちっとも暖かくありません。おやゆび姫は、がたがたふるえていました。

その森をでると、すぐ近くに、広い麦畑がありました。けれど麦はずっと前に刈りとられ、凍った地面に乾いた刈り株がざくざく残っているだけでした。刈り株も、おやゆび姫にとっては林立する大木のようなものです。そのなかを、なんとかかきわけて歩きます。ああ！　それにしても、なんてひどい寒さだったことでしょう！　ようやく、一軒の家の戸口にたどりつきました。家といっても、刈り株のあいだに掘られた小さな穴です。そこには野ねずみが住んでいました。暖かく、快適なその住まいには、立派な台所も食堂もあって、部屋じゅう穀物でいっぱいです。かわいそうなおやゆび姫は、まるでこじき娘のように、戸口に立って、麦つぶをすこし分けていただけませんかと頼みました。もうまる二日間、何もたべていなかったのです。

「まあ、かわいそうに」心根のやさしい野ねずみは言いました。「さあ、お入りなさい。ここは暖かいわ。たべるものもたくさんあるし」野ねずみは、たちまちおやゆび姫が気に入って、続けてこうも言いました。「よかったら、冬じゅうずっとここにいてくれていいのよ。家のなかを散らかさずにいてくれて、お話を聞かせてくれるならね。私、お話を聞くのが大好きなの」おやゆび姫は、すべて言われたとおりにしました。実際、それは悪くない暮らしでした。

「そろそろお客さまがみえるころよ」ある日、野ねずみが言いました。「おとなりに住む紳士が、週に一度訪ねてくるの。私より裕福でね、おとなりの家はどのお部屋もとても広いわ。それに、あの方はいつも、ビロードみたいにやわらかい、黒い毛皮のコートを着てらっしゃるのよ。もし彼と結婚できたら、あなたも何不自由なく暮らせるはずよ。ただね、彼は目が見えないの。だからあなたは彼のために、とっておきのお話を聞かせてあげなくてはね！」

とはいえ、おやゆび姫は、そんな計画に興味はありませんでした。おとなりの紳士と結婚なんて、ちっともしたいと思わなかったのです。なにしろ、その紳士はモグラなのですから。やがて、黒いビロードのコートに身を包み、そのお客さまがやってきました。この人はとてもお金持ちで、尋常ではなく博学だそうです。それに、野ねずみが言うには、この人の屋敷は野ねずみの家の二十倍も広いのだそうでした。けれど、そんなに学のある人としては奇妙なことですが、お日さまの光と美しい花々がきらいで、その悪口ばかり言っていました、見たこともないのに。おやゆび姫は野ねずみとモグラのために、〝飛んでいけ、飛んでいけ、コガネムシ〟と、〝草原にでかけたお坊さん〟を歌わなくてはなりませんでした。

その愛らしい歌声を聞いて、モグラはすっかり恋に落ちました。でも、とても注意深い生きものなので、口にだしては何も言いませんでした。最近、彼は自分の家と野ねずみの家とをつなぐ、ながい地下通路を掘りあげたばかりだそうで、野ねずみとおやゆび姫に、いつでも好きなときに遊びにくるように

言い、通路に死んだ鳥がいるけれどこわがらないでほしい、と頼みました。たぶん最近死んだばかりで、全身どこも欠けておらず、羽根もぬけてはいないとかで、たまたまモグラが地面を掘っていたために、そこに落ちて埋まったらしいということでした。モグラは腐った木切れを口にくわえ（腐った木切れは暗闇で、火のように光るのです）、それで行く手を照らしながら、通路を案内してくれました。死んだ鳥のいる場所にくると、モグラは大きな鼻で天井をおしあげ、穴をあけましたので、通路に光がさしこみました。横たわっている死んだツバメが、それでおやゆび姫にも見えました。美しいつばさをしっかり閉じて、縮こまった足は羽のなかに埋もれています。かわいそうに、凍えて死んだにちがいありません。おやゆび姫は胸が痛みました。夏のあいだじゅう、あかるい声で歌ったりさえずったりしてくれていた、鳥たちが大好きだったのです。けれど、モグラは短い脚でツバメをけって、「ピーチク、パーチク、鳴くこともできない。鳥に生まれるなんてみじめなことだな。幸い、私の子どもたちは鳥ではありえない。鳥なんて歌うことしかできないし、冬がくれば飢えて死んでしまうのだからつまらん」と言いました。

「おっしゃるとおりですね」野ねずみも言いました。「とても理性的なご意見ですわ。いくら歌が歌えたって、それでどんないいことがあるって言うんでしょうね。冬になれば飢えて凍えて。鳥をかわいいものだと思う人たちがいるなんて、なぜなのか理解に苦しむわ」

おやゆび姫は何も言いませんでしたが、二匹が背中を向けたすきに鳥の上にかがみこみ、羽をそっと持ちあげて、そこに埋もれていた頭部の、閉じたまぶたにキスをしました。「もしかするとこの鳥が、夏じゅう私にあのすてきな歌を歌ってくれていたのかもしれない」と思ったのです。「あなたのおかげで、私はどんなになぐさめられたかわからないわ、きれいな鳥さん！」

モグラは天井にあけた穴をふさぐと、女性二人を、野ねずみの家に送ってくれましたが、その夜、おやゆび姫は鳥のことが気になって、すこしも眠れませんでした。それで、寝床をでて、干し草で大きな毛布を編み、地下通路に運ぶと、ツバメにかけてやりました。それから、野ねずみの家で見つけたやわらかい綿をツバメのまわりにクッションのようにさしこみ、つめたい地面にじかにさわらずにすむようにしました。

「さようなら、かわいい鳥さん」おやゆび姫は言いました。「さようなら。夏のあいだは、すてきな歌をたくさんありがとう。あのころは、木々は緑で豊かで、お日さまが暖かく照っていたわね」そして、鳥の胸に頭をのせたときのことです。内側で、何かがとくんとくんと打っているのが聞こえ、おやゆび姫はたじろぎました。鳥の心臓の音でした！　ツバメは死んでいたのではなく、寒さで意識を失っていただけなのでした。体を温めてもらって、息をふきかえしたのです！

ツバメたちは、秋になるとみんな南の国へ飛んでいきます。そのときに出発しおくれると、そのツバメは寒さにやられ、地面に落ちて、死んだように気を失ったまま、やがて雪におおわれてしまうのです。おやゆび姫はがたがたふるえました。こわかったのです。一インチにも満たない背丈の彼女にとって、ツバメは巨大な生きものですから。けれど勇気をかきあつめ、綿を、ツバメのまわりにしっかりたくしこみました。そして、いつも自分が掛け布団に使っているミントの葉をとってくると、それでツバメの頭をおおってやりました。次の夜、様子を見にまたこっそり通路におりると、ツバメはちゃんと生きていましたが、疲れきっており、ほんのちょっと目をあけて、腐った木切れ——ほかに、あかりになるものがなかったのです——を持って立っているおやゆび姫を見るのが精一杯でした。

「ありがとう、やさしいかわいいお嬢さん」病気のツバメは言いました。「こんなに温かくしてもらえて、ずっと具合がよくなったよ。じきに体力が回復すれば、お日さまの輝く南の国に飛んでいける」

「まあ！」おやゆび姫は言いました。「でも、外はいま、とっても寒いわ。雪が降っているから、凍えてしまうわ。ベッドで温かくしていなきゃ。私にお世話をさせてちょうだい」おやゆび姫は、花びらに水をのせて運んでやりました。ツバメはそれをのみ、自分の身に何が起きたのか話してくれました。仲間といっしょに南の国をめざして飛びたったものの、いばらのやぶにひっかかってつばさを傷つけてしまい、仲間のように力強くは飛べなくなったこと、ついに力つきて、地面に落ちたところまではおぼえているけれど、そのあとは思いだせなくて、どうやってここにたどりついたのかもわからないということも。

それでも、ともかくツバメは冬じゅうそこにいて、おやゆび姫は、やさしく世話をしました。このツバメのことが、大好きになっていたのです。モグラも野ねずみも、そのことにまったく無関心でした。

どちらも、哀れでみじめなツバメなんて大きらいでしたから。

春になり、お日さまの光が地面を温めるようになると、ツバメは、出発のときがきた、と言いました。おやゆび姫は、前にモグラがあけた天井の穴を、ふたたびあけてやりました。うららかな日ざしが、二人の上に降りそそぎます。ツバメは、いっしょにきたらどうかと誘いました。ぼくの背中に乗ってくれれば、遠い緑の森まで連れていくよ、と。けれど自分がそんなふうにでていけば、野ねずみを悲しませてしまうとわかっていましたから、「いいえ」と、おやゆび姫はこたえました。「いっしょに行くことはできないわ」と。

「さようなら。お別れだね。かわいい、やさしいお嬢さん」ツバメは言い、穴から日ざしのなかへ飛びたっていきました。見送りながら、おやゆび姫の目には涙が浮かびました。あのツバメが、ほんとうに大好きになっていましたから。「ピュリピュリピュリ」ツバメはさえずってあいさつし、緑の森をめざして飛んでいきました。

おやゆび姫には、悲しい毎日になりました。暖かな日ざしの下にでることは禁じられていましたし、それでなくても、野ねずみの家の上の地面にまかれた麦は丈高くのびていて、一インチにも満たない小さな彼女にとって、深い森のようでした。

「夏のあいだに、嫁入り道具を準備しなきゃね」野ねずみは言いました。隣人であるモグラ、おもしろみはないけれど、黒い上等なコートを持っているあのモグラが、ついにおやゆび姫に結婚を申しこんだからです。

「麻のものと毛織りのものと、シーツは両方必要ですよ」野ねずみはつけたしました。

そういうわけで、おやゆび姫は糸まき棒を手渡され、糸を紡ぐはめになりました。さらに、野ねずみはクモを四匹雇いいれ、昼も夜も、クモたちに機を織らせました。

モグラは毎晩やってきて、やってくるたびに、「夏が終わったら」と言いました。「日ざしがこんなにきつくなくなり、地面を焼け石みたいにじりじり焦がさなくなったら、そう、つまり夏が終わったら、きみと私の婚礼だよ」と。けれど、おやゆび姫はすこしもうれしくありません。退屈なモグラのことが、ちっとも好きになれなかったのです。毎朝日がのぼるときと、毎晩日が沈むとき、おやゆび姫は、戸口からこっそり外にしのびでました。風が吹き、麦の穂が揺れて分かれて、すきまから青空がのぞくのが見えたりすると、外の世界はなんてあかるくて気持ちがいいのだろう、と思います。そして、そのたびにあのなつかしいツバメのことを考えるのでした。けれどツバメは戻ってきませんでした。きっと、遠い、とても遠い緑の森に、飛んでいったからでしょう。

秋になり、おやゆび姫の嫁入り仕度はすっかり調いました。

「あと四週間で結婚式ね」野ねずみは言いました。が、おやゆび姫はすすり泣き、あの退屈なモグラとは結婚したくないのだと打ちあけました。

「ばかなことを言うもんじゃないわ！」野ねずみは言いました。「そんなに我を張ると、この白い歯でかみつきますよ！　すばらしいだんなさまじゃないの。女王さまだって、あんなに上等な黒い毛皮のコートはお持ちじゃないわよ。モグラの家は、台所も倉庫も食料でいっぱい。あの人と結婚できるなんて、神さまに感謝すべきですよ！」

　そして、とうとう婚礼の日がきました。モグラが、はりきっておやゆび姫を迎えにきます。地下深い彼の家へ行けば、二度と暖かなお日さまは見られなくなるでしょう。モグラは日の光が大きらいですから。かわいそうに、おやゆび姫は悲しい気持ちでいっぱいでした。美しいお日さまに、別れを告げなくてはならないなんて。野ねずみと住んでいたあいだは、すくなくともときどき戸口からしのびでて、外の世界を見ることができていました。

「さようなら、あかるいお日さま」野ねずみの穴からほんのすこし外にでて、おやゆび姫は、両手を空にさしだして言いました。麦はすっかり刈りとられ、乾いた刈り株があるばかりでしたから、空はたくさん見えました。

「さようなら！　さようなら！」おやゆび姫は言い、そばに咲いていた赤い花を両腕で抱きしめました。

「もしあのなつかしいツバメに会ったら、大好きよって伝えてね」

「ピュリピュリピュリ」

　そのとき頭上でさえずりが聞こえました。見あげると、そこにはあのツバメが飛んでいます！　おやゆび姫に会えて、とてもうれしそうでした。おやゆび姫はツバメに話しました。みにくいモグラと結婚

するのがいやなことも、日のあたらない地下で暮らさなくてはならなくなることも。話しながら、涙がとめどなくこぼれます。

「もうすぐ寒い冬がくる」ツバメは言いました。「ぼくはこれから、南の国へ飛んでいくところなんだ。いっしょにきてくれる？　きみはただ、ぼくの背中に乗りさえすればいい。りぼんで、体をぼくにしっかり結びつけてね。そうすれば、みにくいモグラからも、暗い家からも遠く離れられるよ。ずっと遠く、山をいくつも越えて、暖かい土地に行くんだ。そこでは、お日さまはここよりずっとまぶしく輝いているよ。一年じゅう夏なんだ。きれいな花もたくさん咲いている。今度こそいっしょにきてくれるよね、かわいい、やさしいおやゆび姫——暗い寒い地下で凍えていたぼくを、助けてくれたのはきみだったね」

「ええ、行くわ。いっしょに行く！」おやゆび姫は言い、鳥の背中に座ると、両足を左右のつばさにのせました。そして、服についているりぼんを、じょうぶそうな羽根に結びつけます。ツバメは空高く舞いあがりました。いくつもの森を越え、湖を越え、一年じゅう頂上に雪をのせている山々を越えて飛びます。おやゆび姫は空気の冷たさに身ぶるいしましたが、温かな羽に埋まってしがみつき、小さな頭だけあげて、下に広がるすばらしい景色を眺めました。

そうやって、ついに二人は暖かい土地にやってきました。日ざしがあふれ、空はそれまでにいた場所の二倍も高く感じられます。水路や柵に沿って、このうえなく美しい、青や緑のブドウが実っていました。木々にはオレンジやレモンが輝き、空気にはミントの香りがします。そして、かわいらしい子どもたちが木々のあいだを走りまわって、色鮮やかなちょうちょを追いかけていました。さらに遠くへ、ツバメは飛びつづけます。すると、風景はますます美しくなるのでした。青い湖のそばに広がる大きな森のなかに、白く輝くお城が建っています。古くからあるお城で、どの円柱にもツタがからまっています。この、いくつもある立派な円柱のてっぺんに、ツバメたちはそれぞれ巣を作っているのですが、そのうちの一つがこのツバメの家でした。

「ここがぼくの家だよ」ツバメは言いました。「下に咲いているきれいな花のなかから一つ選んでくれたら、そこにきみをおろそう。そこで、きみが幸せに暮らせるように」

「すてきだわ！」おやゆび姫は言い、手をたたいて喜びました。

下の地面には、大きな白い大理石の円柱が倒れて三つに割れていて、そのまわりに、息をのむほど白い花々が咲き乱れています。ツバメは、その大きな花の一つに、おやゆび姫をおろしました。すると、その花のまんなかに、小さな男の人が座っていたのですから、おやゆび姫はどんなにびっくりしたことでしょう！　まるでガラス細工のような、白く透きとおった男の人でした。頭には、美しい金のかんむりがのり、両肩から、かわいらしい透きとおった羽が生えています。この人は〝花の天使〟で、おやゆび姫とおなじくらいの大きさでした。こういう天使はそこに咲くどの花のなかにもいて、小さい男の人だったり小さい女の人だったりするのですが、この男の人は、その天使たちの王さまでした。

「まあ！　なんてきれいな男の人かしら！」おやゆび姫は、ツバメに小声でささやきました。小さくて優美なこの王さまにとってみれば、巨大なツバメはかなりおそろしい存在でした。でも、おやゆび姫を目にすると、こわさも忘れてにっこりしました。見たこともないくらいかわいい女の子だと思ったからです。金色のかんむりをはずしておやゆび姫の頭にのせ、名前は何というの、とたずねました。そして、自分と結婚して、花の天使たちの女王になってくれないかとききました。この王さまは、夫と呼ぶにふさわしい人に見えました！　ヒキガエルの息子や、黒いビロードのコートを着たモグラとは全然ちがいます。そこで、おやゆび姫はこの美しい王さまに、はい、と返事をしました。すると、どの花からも天使たちがでてきたのですが、その光景のたのしさといったらありませんでした。どの天使も、おやゆび姫への贈り物をたずさえていました。なかでもいちばんすばらしかっ

た贈り物は、大きな白いハエの、美しい一対の翅でした。それを背中につけてもらうと、おやゆび姫もほかの天使たちとおなじように、花から花へ飛びまわれるようになりました。誰もが二人を祝福しています。あのツバメも、巣のなかから二人のために、お祝いの歌を歌いました。でも、心のなかでは悲しんでいました。おやゆび姫のことが大好きで、離ればなれになりたくなかったのです。

「きみはおやゆび姫なんて呼ばれるべきじゃない」王さまは言いました。「美しい名前とはいえないからね、きみはこんなに美しいというのに！　これからは、マイアと呼ぶことにしよう」

「さようなら、さようなら」南の国を去り、遠いデンマークに戻る旅をする季節がくると、ツバメは言いました。デンマークにも、ツバメは巣を持っています。その巣は、物語を書いて暮らしている人の住む部屋の、窓の上にありました。「ピュリピュリピュリ」と、ツバメがその人にさえずり、すべてを聞かせてくれたので、その人にはこのお話が書けたわけなのでした。

雪の女王

# 第一章　鏡とかけら

これは、とても邪悪な一人の小妖精のお話です。

ある日、たまたま特別気分が高揚していた彼は、とんでもない力を持った鏡を作りました。その鏡に映すと、いいものはすべて消えてしまって映らず、そのかわりに、みにくいものや役に立たないものがすべて、実際以上にひどく悪く映るのでした。どんなに姿の美しい人たちでも、ぞっとするほどみにくく見えたり、胴体がなくなって逆さまに映ったりしました。ひどくゆがめられてしまうので、顔の区別なんかつきません。たとえばたった一つのそばかすが、鼻にも口にも、そこらじゅうに広がってしまうのですから。邪悪な小妖精は、これはものすごく愉快だと思いました。人間の心に何かやさしい気持ちが浮かんでも、鏡に映るのはそういうみにくいしかめっつらばかりなのですから、自分の賢い発明品に、笑いが止まりませんでした。小妖精たちの学校（彼はその創設者でした）の生徒たちは、奇蹟が起こったと言いました。なぜって、彼らにしてみれば、この世ではじめて、人間たちのほんとうの姿を見られるのですから。みんな、この鏡を持ってあらゆるところに行きましたので、しまいには、鏡にゆがんで映ったことのない人間が一人もいなくなりました。そこで、今度は天国に行って天使たちをからかってやろうと、みんな空高く飛んでいきました。高く飛べば飛ぶほど、鏡のにやにや笑いは邪悪になっていきます。そして、あまりにも激しく笑ったり、ひどいしかめっつらをしたりしたために、じきに鏡はふるえだし、ついに地面に落下して、何十億ものかけらになって飛びちりました。

もちろん、これで状況はずっと悪くなりました。かけらのなかには砂つぶほどしかない小さなものもあり、そういうものが人の目のなかに入ってそこにとどまれば、その人の見るものはみんなゆがんで、物事の悪い面しか見えなくなってしまうからです。かけらのなかには人の心臓にまで入りこみ、おそろしい事態を引きおこすものもありました――そうなると、心臓は氷のかたまりになってしまうのです。かけらのなかには窓ガラスに使えるほど大きいものもありましたが、その窓ガラスを通して見る室内にいる友人の姿は、疑ってかからなくてはなりません。めがねになるかけらたちもありましたが、人々がそういうめがねをかけて、世のなかをはっきり正しく見ようとしても、まったくひどいことになるのでした。あの邪悪な小妖精は、これをとてもおもしろがり、おなかの皮がよじれるほど大笑いしました。いまでもまだ、そのかけらたちはたくさん空中を漂っています。では、それからどうなったか、先を聞くことにしましょう。

## 第二章　男の子と女の子

ある程度大きな街になると、家々が建ちならび、人も大勢住んでいますから、誰もがみんな自分の庭を持つだけの場所はありません。それで、たいていの人は鉢植えの植物をいくつか育て、それで満足しなければなりません。この街にも、植木鉢の庭しか持っていない、二人の貧しい子どもがいました。二人は兄妹ではありませんでしたが、まるで兄妹のように、互いのことが大好きでした。二人の両親は、となりどうしの屋根裏部屋に住んでおり、窓と窓が向かい合わせになっていました。片方の家の屋根がとなりの屋根とくっついていて、両方の家の軒下を、一本の雨どいが通っているのです。ですからこの雨どいをまたぐだけで、片方の窓からもう一方の窓へ、行くことができました。

この窓の外に、二人の両親は大きな箱をおき、その箱に料理用のハーブや、小さなバラの木を植えていました。それらはみんな、みごとに育っています。あるとき二人の両親が、それぞれの箱を雨どいをまたぐ形で、ぴったりくっつけておくことを思いつきました。そうすれば二つの窓のあいだを植物が埋めつくし、花の橋がかかったように見えるからです。豆のつるは箱の外にたれさがり、バラの木々は長い枝をのばして窓にからみつき、互いに向きあうように体を曲げて咲きほこります。それはまるで、葉っぱと花々でできた凱旋門のようでした。箱はもちろん高い位置にありましたし、子どもたちは箱に登ってはいけないことを知っていました。でも窓から屋根の上におりることは許されていて、バラの花々の下においた小さな椅子に腰かけて、何時間もそこで遊ぶのでした。

冬になると、こういうたのしみは終わりを迎えました。どちらの窓にも氷がついてしまうからですが、子どもたちは銅貨をストーブで熱して、凍った窓におしあてます。そうすると、すてきな丸いのぞき穴

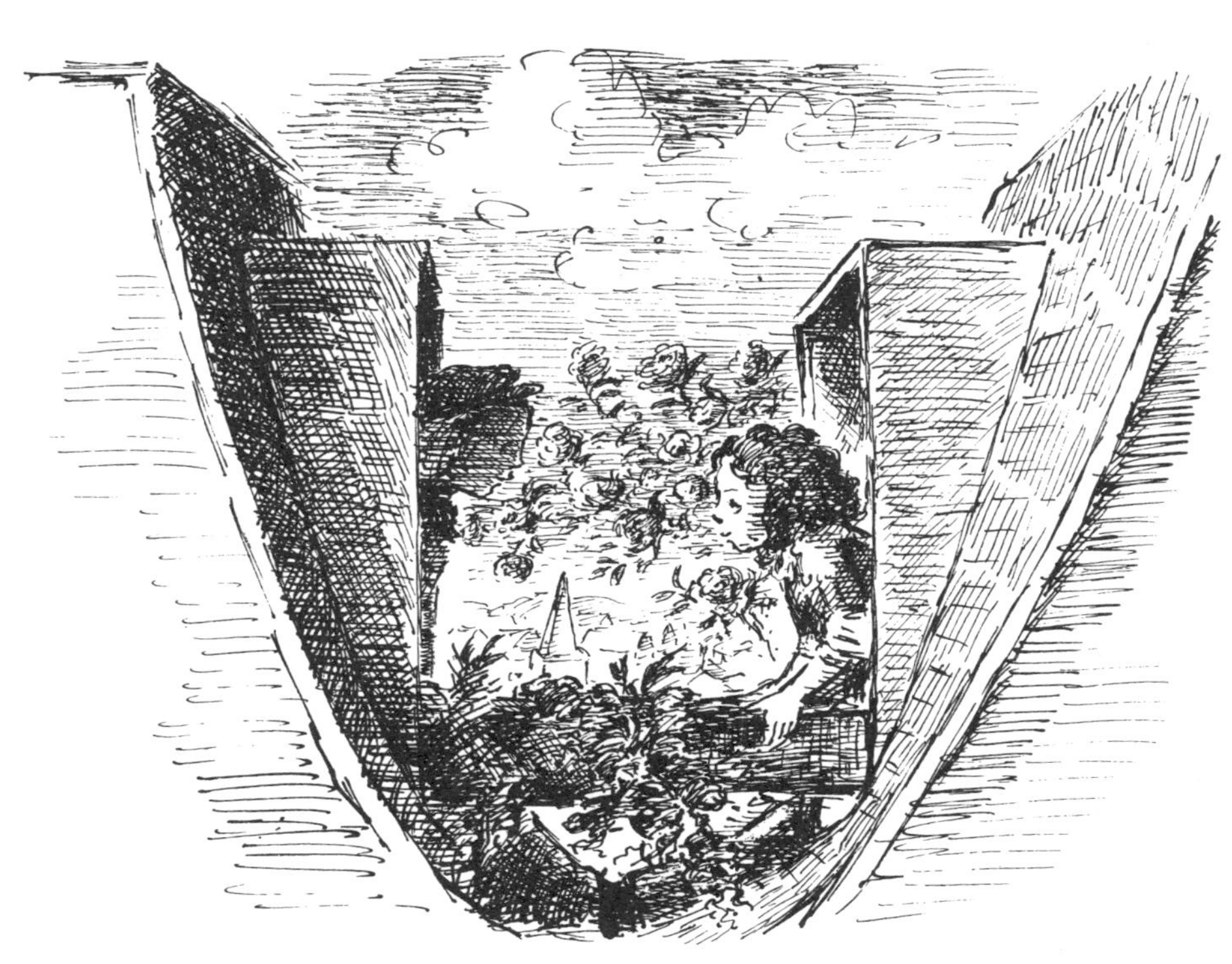

ができるのです。それぞれののぞき穴のうしろには、やさしく笑っている目がひとつずつ。もちろんそれは、あの男の子と女の子、カイとゲルダの目でした。夏には互いにひとまたぎで行き来ができましたが、冬には、長い階段をまずたくさんおりて、次に今度はたくさんのぼらなければ、行き来はできません、おもては雪が降りしきっているというのに。

「あれはね、白い蜂がたくさん飛びまわっているんだよ」年をとったおばあさんが言いました。

「じゃあ、女王蜂もいるの？」男の子はききました。ほんとうの蜂なら、なかに女王蜂がいることを知っていたからです。

「いるとも」おばあさんは言いました。「女王蜂は、ことさらたくさん白いものが群がっている、あのあたりを飛んでいるよ。いちばん大きくてね、地面におりてじっとしているなんてことは絶対にしない。何度でも、雪雲に向かってまた飛んでいくんだ。冬の夜にはしょっちゅう街のあちこちを飛びまわってね、窓からなかをのぞいたりしてるよ。そうすると、ふしぎなぐあいに窓ガラスに凍りついちゃってね、花みたいに見えるよ」

「それ、見たことある」子どもたちは口々に言い、これでおばあさんの話がほんとうであることがわかりました。

「雪の女王は、ここに入ってきたりできるの？」女の子がききました。

「いいぞ、入ってこさせよう！」男の子は言います。「そうしたら、温かいストーブの上にのせて、溶かしてやる」

おばあさんは男の子の髪をなでながら、またもっとべつなお話を、二人に聞かせてくれるのでした。

夕方、自分の家で服を半分脱ぎかけていたカイは、椅子によじのぼると、例ののぞき穴を作って外をのぞいてみました。雪ひらがいくつか舞っていたのですが、なかでいちばんふっくらしたひとひらが、花の箱のふちにのっかりました。と、見るまにそのひとひらは大きくなって、女の人の形になりました。星みたいにきらきら光る、百万もの雪の結晶でできた、やわらかそうなガーゼのドレスを着ています。とても美しくて華奢な女の人ですが、氷でできていて、まぶしいほどきらめき、それでいて、ちゃんと生きているのでした。その目は二つのあかるい星のように輝いていますが、そこには穏やかさも静けさもありません。女の人は窓に向かってうなずくと、手招きをしました。男の子はこわくなり、椅子から飛びおりたのですが、そのとき窓のすぐ外側を、大きな鳥が飛びさるのが見えたような気がしました。

次の日には美しい霜がおり、じきに雪どけとなって、ようやく春がきました。お日さまはあかるく輝き、緑の芽が顔をだします。ツバメたちは巣を作り、二つの家の窓はどちらも大きくあけはなたれて、子どもたちはふたたび屋根の上の、自分たちの小さな庭で遊びます。

夏がくると、バラは例年になく豊かに咲きにおいました。女の子は讃美歌を一つおぼえたのですが、その歌にはバラの花がでてくるので、歌うたびに自分のバラが思いだされます。女の子はこの讃美歌を男の子に歌って聞かせ、男の子もいっしょに歌いました。幼い二人は手をつなぎ、バラの花にキスをしたり、さんさんと降りそそぐ日ざしに顔を向けたりします。なんてすばらしい夏の日々でしょう！　家の外で、バラに囲まれているのはなんてすてきなことだったでしょう。バラたちは、永遠に咲きつづけそうな勢いでした。

ある日、カイとゲルダは動物や鳥のでてくる絵本を見ていたのですが、ちょうど教会の大時計が五時を打ったとき、カイが突然こう言いました。「うわっ！　いま胸がちくっとした！」続けてこう言いました。「痛っ！　今度は目に何か入った！」

ゲルダはカイの首に腕をまわして顔を近づけました。カイはまばたきをしましたが、だめです、目のなかには何も見つかりません。

「もうでていったみたいだ」カイは言いましたが、でていってはいないのです。それは、あの小妖精の鏡からくだけちった、ガラスのかけらの一つでした。おぼえているでしょうか、いいものや美しいものはみんな下品におそろしく映り、いやなものはみんなはっきりとわかりやすく映る、あの意地の悪いガラスです。かわいそうなカイは、心臓にも破片が一つ入ってしまったのですから、カイの心臓は、じきに氷のかたまりになるでしょう。もう痛くはありませんでしたが、それは変わらずそこにあるのです。「どうして泣いているの？」カイはききました。「すごくへんな顔に見えるよ。ぼくはもうなんともないし、平気さ。だけど、あれをごらんよ」カイは、いきなり声を張りあげました。「あのバラは虫に食われている。こっちのはねじ曲ってるし。ろくなもんじゃないな、ほんとに。植えられている箱とおなじくらいみっともないじゃないか」そういって箱をけり、バラの花を二つむしりとりました。

「なんてことをするの、カイ」ゲルダは叫びます。彼女のおびえた顔を見ると、カイはバラをもう一つむしりとり、自分の家の窓のなかに、飛びこむように帰ってしまいました。やさしいゲルダをそこに残して。

すこしして、ゲルダが絵本を持ってやってくると、カイは、そんなものは赤ん坊の見るものだと言いました。また、おばあさんが彼にお話を聞かせようとしても、「だけどさ」と言って、すぐにさえぎるようになりました。のみならず、この男の子はときどきおばあさんのうしろをついて歩き、めがねまでかけて、おばあさんの話し方をまねしたりしました。それがとても似ていたもので、人々は大笑いしたのですが、男の子はほどなく近所じゅうの人々の、歩き方や話し方をまねするようになりました。その人たちのいやなところや、へんなところならすっかりまねができました。ですから近所の人々は、「あの悪童は、たしかに冴えた頭を持っている」と言いました。けれどそれはほんとうは、彼の目に入っているガラスと、心臓に刺さったガラスのさせていることでした。彼はゲルダのことまでからかうようになりました。彼を心から愛している、小さなゲルダのことまで。それに、カイはもう以前のような遊びはしなくなり、遊んでいても、理屈が大事なようでした。雪の降る、ある冬の日に、拡大鏡を持ちだしてきた彼は、自分の着ている青いコートのすそを持ちあげ、雪ひらをそこに受けとめました。

「このレンズをのぞいてごらん、ゲルダ」と言います。雪ひらは、一つ一つが拡大されて、すばらしく精緻な花か、十角形の星みたいに見えました。それはほんとうに、見ていてたのしいものでした。

「すごく理知的な形だろう?」カイは言いました。「花なんかよりずっとおもしろいし、どれ一つとしてまちがったものはないんだ。溶けてしまうまでずっと、自分の形を崩さないんだよ」

そのすぐあとで、カイは大きな手袋をはめ、背中に橇をしょってゲルダのところにきました。「ほかの子たちが遊んでいる広場に、行ってもいいって言われたんだ」ゲルダの耳もとでどなるように言うと、そのままでかけていきました。

広場では、向こう見ずな少年たちが、自分たちの橇を農夫の荷車に結びつけ、かなりの距離をいっしょにすべっていきました。こうすると、とてもおもしろいのです。すると、そんなふうにみんなが遊んでいるところに、一台の大きな橇が通りかかりました。全体がまっ白にぬられていて、乗っている人も白い厚い毛皮に包まれ、ごわごわした白い帽子をかぶっています。その橇は、広場を二周まわりました。カイは自分の小さな橇を、その白い大きな橇に結びつけて、いっしょに引っぱってもらえるようにしました。大きな橇はぐんぐんスピードをあげ、乗っている人はふりむいて、カイに親しげにうなずきかけます。まるで、むかしからの友だちどうしみたいに。でも、カイがひもをほどいて自分の橇を離そうとするたびに、その見知らぬ馭者がふりむいてうなずくものですから、カイはついなんとなく、橇のなかにまた座ってしまうのでした。そんなことをくりかえすうちに、彼らは街の門を走りぬけました。そのころには雪が激しく降りしきっていて、カイには、のばした自分の手の先も見えないほどでした。が、それでも大きな橇は走り、走り、走ります。カイはおそろしくなり、なんとかひもをほどこうとしたのですが、無駄でした――小さな橇は大きな橇にしっかり結びつけられており、両者はひたすら、風のように速く、駆けに駆けていきます。カイは大声で叫びましたが、聞いてくれる人はいません――ただ雪が霏々と降りつもり、大きな橇は道を急ぎます。しょっちゅう跳ねあがるので、まるで、生け垣や水路の上を飛んでいるみたいでした。カイは心底おびえて、お祈りをとなえようとしたのですが、頭に浮かぶのは九九の一覧表だけでした。

降ってくる雪ひらがどんどん大きくなり、ついに、白い大きなニワトリくらいになりました。が、そのニワトリたちが急に片側に寄ったかと思うと、大きな橇は止まりました。馭者が立ちあがります。毛皮の帽子とコートだと思っていたものは、すべて雪でできていたことがわかりました。馭者は女性でし

た。とても背が高く、ほっそりしていて、まぶしいほど白い――。彼女こそ、雪の女王でした。

「かなり遠くまできたわね」雪の女王は言いました。「おや、ふるえてるじゃないの。くまの毛皮の毛布にお入り」そう言って、カイを大きな橇の自分のとなりに乗せ、毛皮の毛布で包みました。カイにとって、それはまるで、雪の吹きだまりに沈みこんだような感じでした。

「まだ凍えてる？」彼女はきき、カイの額にキスをしました。それは、なんて冷たいキスだったこと！　氷のかたまりになりかけているカイの心臓にすら、じかに突き刺さるような冷たさでした！　冷たすぎて、カイは自分がもう死ぬのだと思いました――が、それはほんの束の間のことで、すぐになんともなくなりました。まわりのおそろしい寒さにも、もはや気づきさえしません。

「ぼくの橇！　ぼくの橇を忘れないで！」それが、彼が最初に思いだしたことでした。カイの橇は、白いニワトリの一羽に結びつけられました。そのニワトリは、背中に橇をしょって、二人のうしろから飛んできます。雪の女王は、そこでまたカイにキスをしました。すると、かわいいゲルダのこともおばあさんのことも、家にいるみんなのことも、カイはすっかり忘れてしまいました。

「キスはこれで最後よ」雪の女王は言いました。「これ以上にキスをしたら、おまえは死んでしまうもの」

　カイは雪の女王をじっと見ました。これ以上美しい人なんて想像もできません。家の窓の外から手招きしていたときのような、氷でできた人のようにはもう見えませんでした。カイの目に、女王は完璧そのものに見え、すこしもおそろしくないのでした。カイは彼女に、暗算ができることを話しました。国の面積を計算できるし、人口だって知っていることも。彼女はずっとほほえんでいましたが、カイは、自分は知るべきことのまだ半分も知ってはいないのだと感じました。彼は広々とした空を見上げ、女王はそんなカイをとなりに乗せたまま、橇を駆って空高く、たれこめた黒雲のなかに舞いあがりました。雪嵐が吹きあれ、ひゅうひゅうと風が鳴り、ごうごうと、また風がこたえます。それは、古い歌のようでした。二人を乗せた橇は森を越え、湖を越え、海を越えて陸を越えます。下を見ると、冷たい風がうずまき、狼たちが遠吠えをしています。雪がきらきら輝いていました。そして、それらの上を、黒いカラスたちが鳴きながら飛んでいました。上を見ると、はるか高いところに月があかるく輝き、澄んだ光を投げかけています。その月あかりのおかげで、カイはこの冬の夜の風景を、一晩じゅう眺めることができたのです。朝になると、カイは雪の女王の足もとで眠りました。

## 第三章　花園と、魔法の使えるおばあさん

でも、カイがいなくなったあと、小さいゲルダはどうなったのでしょうか。いったいぜんたい、カイはどこ？　たずねても、誰も何も知らず、誰も何も教えてはくれません。

広場にいた少年たちに言えたのは、カイが自分の橇をべつな大きな橇に結びつけ、道をくだって街の

門をぬけてでていったのを見た、ということだけでした。そのあとどこに行ったのかは、誰も知りません。みんな悲しみましたし、かわいそうな小さなゲルダはひどく泣きました。やがて、人々は、カイはもう死んでしまったのだ、街のすぐ外を流れる川でおぼれたのだろう、と言うようになりました。ああ、その冬の日々は、ほんとうに暗く、陰鬱なものでした。けれど、それでも春はやってきて、暖かさと、お日さまの光をもたらしました。

「カイは死んで、いなくなってしまったのよ」ゲルダが言うと、「私はそうは思いませんよ」と、お日さまが言いました。

「カイは死んで、いなくなってしまったのよ」ゲルダはツバメたちにも言いましたが、ツバメたちも、そうは思わないと言いました。それで、とうとう、ゲルダ自身も、そうは思わなくなりました。

「新しい、赤い靴をはいていこう」ある朝、ゲルダはそう決心しました。「カイがまだ見たことのない新しい靴。それをはいて川まで行って、カイのことをきいてみよう」

とても早い時間でしたから、おばあさんはまだ眠っていました。ゲルダはおばあさんにキスをして、赤い靴をはき、道をくだって、街の門をぬけ、川に行きました。

「ねえ、あなたが私のお友だちをとったっていうのはほんとなの？」ゲルダは川にききました。「もしカイを返してくれたら、私、あなたにこの新しい赤い靴をあげるわ」

するとＩ川にさざ波が立ち、なんだかうなずいたように見えましたので、ゲルダは靴を――とても気に入っている、大切なものでしたが——両方とも投げいれました。けれど靴は土手のすぐそばに落ちましたので、さざ波が、すぐにまた土手におしかえしました。それはまるで、川が、そんなに大切なものは受けとれない、小さなカイをとったのは私じゃないんだから、と言っているようでした。でも、ゲルダは「もっと遠くに投げなくちゃいけなかったんだわ」と考えました。そこで、近くのしげみに停めてあったボートに乗りこむと、その舳先まで這っていって、靴をもう一度水に投げました。ところが、この小さなボートはあまりしっかり係留されていなかったものですから、ゲルダが靴を投げたときの勢いで、岸から離れてしまいました。ゲルダは急いで降りようとしたのですが、彼女がボートのうしろ側にたどりつくより先に、ボートは岸から数ヤード離れてしまっていました。岸は、さらにどんどん遠ざかります。

小さなゲルダはおそろしくなって泣きだしました。でも、スズメたちのほかには誰にも聞こえません。そして、スズメたちには、ゲルダを岸に運んでやることはできないのです。でも、みんな岸に沿って懸命に飛びながら、こうさえずって、ゲルダをなぐさめようとしました。

「私たちはここよ！　私たちはここよ！」けれどボートは流れに乗って、どんどん速く、川をくだっていきます。ゲルダは靴下だけをはいた足で、ただじっと、微動だにせず座っていました。小さな靴もうしろから流れてきましたが、ボートが速すぎて、追いつくことはできません。

ああ、それにしても川の両岸は、なんていい眺めでしょう！　美しい花々、大きな古木たち、斜面で

草を食んでいる羊たちや牛たち。でも、人の姿はどこにもありません。

「たぶん、川が私をカイのところに連れていってくれるんだわ」そう思ったゲルダはあかるい気持ちになり、浮かんでいるボートのなかで立ちあがって、目に快い緑の両岸を眺めました。やがて、広々としたさくらんぼの果樹園が見えてきました。そこには藁ぶき屋根の小さな家があり、青や赤の、珍しい窓がついていました。家の前には木製の兵隊が二人立っていて、船で通りかかる人たちに、ささげ銃をしています。兵隊を、生きていると思いこんだゲルダは彼らに呼びかけたのですが、もちろん返事はありません。川の流れがボートをそこに近づけたので、ゲルダはもう一度、今度はもっと大きい声で、呼びかけてみました。家のなかから、年とった、ほんとうに年とった女の人が、ねじれた杖で体を支えながらでてきました。陽気な色あいの花の絵が描かれた、大きな日よけ帽をかぶっています。

「おやまあ、かわいそうなおちびちゃん」おばあさんは言いました。「この大きな川を、まあよくここまできたもんだね。いったいなんだってこんな遠いところにやってきたんだい?」そう言いながら川に足を踏みいれて、ねじれた杖をボートにひっかけ、岸にひきよせました。乾いた地面にふたたび立つことができて、小さなゲルダはどんなにうれしかったことでしょう。この風変わりなおばあさんが、ほんのすこしだけこわかったにしても。

「おいで。あんたが誰で、どうしてここにきたのか、教えておくれ」おばあさんが言いましたので、ゲルダは全部、話して聞かせました。ゲルダが話し終わるまで、おばあさんはしきりにうなずいて、「ふ

む、ふむ」と言いつづけました。それからゲルダはおばあさんに、小さなカイを見なかったかとたずねたのですが、おばあさんは見なかったと言いました。その子はまだきていないけれど、いずれくるだろうから心配はいらない、と。「それよりさくらんぼをおあがり」おばあさんは言いました。「それからうちのかわいい花たちを眺めるといいよ。どの花も、どんな絵本より上手にお話をすることができるんだよ」おばあさんはゲルダの手をとると、家のなかに連れて入って、ドアに鍵をかけました。

窓はどれも細長く、赤や青や黄色の色ガラスでできていましたので、そこからさしこむ日ざしは、ふしぎな具合に色とりどりでした。テーブルにはおいしそうなさくらんぼがどっさりのっていて、好きなだけたべていいということでした。ゲルダがたべているあいだ、おばあさんはゲルダの髪を金の櫛でとかして、巻き毛の一房ずつがあかるい金色に輝き、かわいらしい顔のまわりを縁どるようにしてくれました。
「あたしはね、むかしから、あんたみたいなかわいい娘がほしかったんだよ」おばあさんは言いました。「あたしたち、仲よくやっていけそうじゃないか」そんなふうに言いながら彼女が髪をとかすと、ゲルダの心のなかから、大切なカイのことが、すこしずつ消えていきました。それは、このおばあさんが魔法使いだったからです。といっても、邪悪な魔女ではありません。ときどきちょっと魔法を使うだけのことで、この人はただ、かわいいゲルダをそばにおいておきたかっただけなのです。それで、今度は庭にでて、美しいバラのしげみにねじれた杖でふれました。すると、バラの木たちは黒い土の下にたちまち沈み、すっかり見えなくなりました。おばあさんは、もしゲルダがバラを目にすれば、自分の家のバラのことを思いだし、いっしょにカイのことも思いだして、ここをでていってしまうかもしれない、と心配して、そうしたのでした。

　さて、おばあさんはゲルダといっしょに外にでて、ゲルダに花園を見せました。そこには、なんて美しい花々が、なんていい匂いをふりまいて咲いていたことでしょう。どの季節の花も、いっぺんに満開なのです。こんなに色鮮やかでたのしい光景は、絵本のなかにだってありません。ゲルダは跳びはねて喜び、さくらんぼの木々の向こうに日が沈むまで、ずっとその庭で遊びました。それからおばあさんがゲルダをベッドに寝かせたのですが、これがまたすばらしいベッドでした！　枕もふとんも赤い絹でできていて、なかにぎっしりスミレの花がしきつめてあるのです。そのベッドでゲルダはぐっすり眠り、

婚礼の日の女王さまででもなければ見られないくらい美しい夢を見ました。

次の日も、ゲルダはまた一日花園で遊びました。次の日も、またその次の日も。そのうちに、どの花もすっかり見なれたものになりました。すると、そこにはそんなにもたくさんの花々があふれているのに、何か一つ欠けている気がしはじめました。でも、何が欠けているのでしょう？　ある日、おばあさんの日よけ帽をたまたまじっと見ていたゲルダは、それがきれいな花模様で、なかでもいちばんきれいな花がバラだということに気がつきました。庭のバラはすっかり消したおばあさんも、帽子のバラを消すのは忘れていたのです。こういうことは、ぼんやりしているとよくあることです！

「そうだわ！」ゲルダは叫びました。「ここにはバラはないのかしら」そして、花園を歩きまわってさがしにさがしたのですが、バラの木は一本も見つかりませんでした。ゲルダはしゃがみこんで泣きだしました。涙がぽたぽたと落ちて、以前にバラのしげみがあった土のなかに、深くしみこんでいきます。温かな涙が土をうるおし、すると、どうでしょう！　しげみがいっせいに息を吹きかえし、みるみるのびて、消える前とおなじように花を咲かせました。ゲルダは木に抱きついて、バラの花にキスをしました。自分の家にもバラがあったことを思いだし、カイのことも思いだしました！

「なんてこと！」ゲルダは叫びました。「私ったら、いったい何をしているのかしら！　カイをさがさなくちゃいけないのに！　ひょっとして、あなたはカイがどこにいるかご存知じゃないかしら」ゲルダはバラにききました。「それとも、カイは死んで、いなくなっちゃったの？」

「死んではいませんよ」バラたちはこたえました。「私たち、いままで土の下にいたの。死んだ人たちはみんな土の下にいるけど、カイはそこにいなかったもの」

「ありがとう」ゲルダは言って、ほかの花たちのところに行きました。花びらのなかをのぞきこみながら、「カイがどこにいるか、あなた、知らない？」ときいてまわります。けれど誰も何も知らなかったばかりか、みんな、お日さまの光のなかで気持ちよさそうにまどろみながら、自分の物語を夢みることに忙しいのでした。

オニユリの言ったことといえば――。

「太鼓が、どん！　どん！　と鳴っているのが聞こえる？　いつもおなじ二つの音なの、どん！　どん！　って。女たちの悲嘆の歌をお聴きなさい。僧侶の声をお聴きなさい。赤い長いローブをまとったインド人の女が、火葬の焚き木の上に立っている。炎が、女と、死んだ夫のまわりで燃えあがっている。でも女は、まわりをぐるりと囲んでいる人々のなかの、一人の男のことを考えている。その男の目は炎よりも烈しく燃えていて、やがて女の体を焼きつくすでしょう、炎よりも早く。心の炎は、火葬の炎のなかで、滅びてしまうのかしら？」

「そんなこと、私には全然わからないわ」小さいゲルダは言いました。

「これが私のお話なの」オニユリは言いました。

昼顔が言ったことといえば――。

「狭い小道から切り立った崖の上、高いところに突きだすように、その古いとりではありました。鬱蒼としげる常緑樹が古びた赤い壁をおおう、そのとりでのバルコニーに、美しい女性が立っています。手すりにもたれて下の道を見おろしているのですが、どんなバラもこの女性ほどかぐわしく咲くことはできませんし、風に運ばれるどんなりんごの花びらも、この女性ほど優雅で軽やかではありません。彼女の着ている上等な絹のガウンが、さらさらと音をたてています……『彼はくるかしら？』」

「それ、カイのこと？」小さなゲルダはたずねます。

「私は私のお話をしているだけよ」昼顔はこたえました。

マツユキソウが言ったことといえば――。

「木と木のあいだにブランコが、長いロープでつるしてあるの。かわいらしい二人の女の子が――二人とも、雪のように白いドレスを着て、帽子には、絹でできた緑の長いりぼんがついているわ――、そのブランコを揺らしてあげているの。ブランコの上に立っているのは二人のお兄さんよ。妹たちより背が高いわ。両腕をロープに巻きつけて、片手に受け皿を、もう一方の手に陶製のパイプを持っている。彼はしゃぼん玉を吹いているところなの。ブランコが揺れて、しゃぼん玉は上に漂っていく、くるくると色を変えながら。一つはパイプの先にくっついたまま、ふるふるとそよ風にふるえているわ。そばには小さな黒い犬もいて、うしろ脚で立って、ブランコに乗ろうとしている。でもひっくりかえってしまって、怒って吠えているわ。しゃぼん玉がはじけて、みんなは尻もちをついた犬を見て笑っている。揺れるブランコ、浮かんでいくしゃぼん玉に映る世界――それが私の歌う歌なの」

「すごくきれいなお話だと思うわ」ゲルダは言いました。「でも、あなたはとても悲しそうに話すわね。それに、カイはちっともでてこないじゃないの」

　ヒヤシンスが言ったことといえば――。

「三人の、美しい姉妹がいました。ああ、三人とも、それはそれはきれいで上品なのでした！　一人目は赤いドレスを、二人目は青いドレスを、三人目は純白のドレスを着ていました。静かな湖のほとりで、澄んだ月光を浴びながら、三人は手をとりあって踊っていました。妖精などではなく、ほんものの人間の娘たちです。そこに軽やかな風が吹き、甘い香りが漂ってきて、娘たちは森のなかに消えました。甘い香りがますます強くなり、娘たちを入れた棺が三つ、森の奥から湖の上を漂いでてきました。棺のまわりでホタルたちが、夜を照らす街灯みたいに光っています。踊っていた三人姉妹は眠っているのでしょうか、死んでしまったのでしょうか？　花々の香りは、彼女たちは死んだのだと告げています。死者をとむらう鐘が鳴ります」

「ひどく悲しくなっちゃったわ」小さなゲルダは言いました。「それに、あなたの匂いは強すぎて、三人の死が頭から離れなくなりそうだわ。ああ！　まさかカイも死んじゃったって言うつもりじゃないでしょうね？」

　ゲルダが続けて、「地面の下にいたっていうバラたちは、そうじゃないって言ってたけれど」とつぶ

やくと、〝カラン、コロン！〟とヒヤシンスの鐘が鳴りました。「私たちはカイのために鳴っているわけじゃないわ、その子のこと、知らないもの。私たちは自分の歌を歌っているだけよ、私たちの知っている、ただ一つの歌を」

それで、ゲルダはキンポウゲのところに行きました。キンポウゲはつやつやした緑の葉のなかで、輝くように黄色く咲いていました。

「あなたって、小さなお日さまみたいね」ゲルダは言いました。「私のお友だちがどこにいるか教えてちょうだい」

キンポウゲはますますあかるく輝きました。どんな歌を歌うのでしょうか？　まちがいなく、カイの歌ではないでしょう。

「春のはじまりの日、小さな中庭には暖かなお日さまの光が、神々しいくらいに降りそそいでいました。その光は、となりの家の白い壁にも、いちばん下まで這うようにこぼれています。壁のそばには、その年最初の黄色い花々が咲いていました――暖かな日ざしのなかで、輝くばかりの金色に。おばあさんが一人、その中庭に座っています。そこに、貧しい美しい孫娘が、奉公先から短い休暇をもらって帰ってきました。孫娘はおばあさんにキスをします。そのやさしいキスは黄金です。これが私のお話」キンポウゲはそうしめくくりました。

「かわいそうな、かわいそうな私のおばあちゃん！」ゲルダはためいきをつきました。「私がいなくなって、どんなに悲しんでいるかしら。カイもいなくなったっていうのに！　でも、私はもうじき家に帰るつもりよ、カイといっしょに……。カイのこと、花たちにたずねても無駄みたいね。みんな、自分の歌しか歌わないんだもの」

速く走れるように、ゲルダはワンピースのすそをたくしあげました。が、花を飛びこえようとしたときにスイセンが脚にぶつかってきたので、立ちどまってこうたずねてみました。

「あなた、何か知ってるとでも言うの？」かがみこんで耳を傾けたゲルダに、それが話したのはこんな話でした。

「私には自分が見える。私には自分が見えるの！」白いスイセンは言いました。「私、なんていい匂いなのかしら！　小さな屋根裏部屋に、かわいい踊り子がいるのが見える。彼女はまず片足で立ち、次に反対の足で立ち、それから両足で立つの。そうやって、世界に反抗しているつもりなのよ。でも、彼女はほんとうにそこにいるの？　それとも私が見ているのは幻？　彼女はいま、手に持っている何かに、ティーポットから水をそそいでいるわ。それは彼女の下着で、洗っているところなんだわ。きれい好きはいいことだもの！　白い服が釘にかかっているのだけれど、それもまたティーポットで洗って、屋根の上で乾かしたものよ。彼女はいまその白い服を着て、サフラン色のハンカチを首に結んだ。こうするとハンカチの色で、服の白さが際立つの。足をあげて！　すらりとした茎の上にいる彼女をごらんなさい！　私には自分が見える！　私には自分が見えるわ！」

「どうでもいいわ」ゲルダは言いました。「私には、何の役にも立たない話だもの」そう言うと、ゲルダは走って庭のつきあたりまで行きました。庭の戸には鍵がかかっていましたが、その錆びた古い錠前は、力いっぱい引っぱると、こわれてはずれました。小さなゲルダははだしで走り、広い世界にでていきました。三度ふりむいてみましたが、誰も追いかけてはきませんでした。走り疲れたゲルダは、大きな石に腰かけます。まわりを見まわすと――、もう夏は終わり、秋も深まっていました。あの庭にいたのでは、わかるはずのないことでした。あそこではいつもお日さまが輝いていて、どの季節の花もいっぺんに咲きそろっているのですから。

「大変だわ！」ゲルダは叫び声をあげました。「私、ずいぶんながいことあそこにいたのね。もう秋だなんて。これ以上時間を無駄にするわけにはいかないわ！」そこで、ゲルダは立ちあがり、また歩きだしました。かわいそうに、彼女の足はもう傷だらけでした。疲れていましたし、目に映るのは、わびしく寒々しい景色ばかりです。長くたれた柳の葉は枯れて黄土色になり、霧が水になってその葉からしずくを落としています。一枚、また一枚と、枯れ葉が落ちてきます。リンボクだけが、わずかに実をつけていましたが、リンボクの実は口が曲るほど苦いのです。ああ、広い世界は、何もかもがなんて灰色で、陰鬱だったことでしょう！

# 第四章　王子さまとお姫さま

これ以上歩けないと思ったゲルダが、もう一度休憩しようと腰をおろすと、大きなカラスがぴょんぴょん跳ねて近づいてきて、うなずきながらこう言いました。「カアー！カアー！　コン、ニチワ！　コン、ニチワ！」このカラスは、小さな女の子と友だちになりたかったのです。それで、この広い世界をたった一人で、どこに行こうとしているのかとたずねました。「たった一人で」と言う言葉の意味がよくわかったゲルダは、これまでのことをカラスにすっかり話し、カイを見かけなかったかときいてみました。

カラスは考え深げにうなずいて、「た、ぶん、見た。た、ぶん、見た」と言いました。

「なあに？　ほんとう？　ほんとうにカイを見たかもしれないと思うの？」ゲルダは叫び、カラスにうんと強くキスをしたので、カラスはあやうく圧迫死するところでした。

「気をつけて、お嬢さん、気をつけて！」カラスは言いました。「たぶんぼくの見たのがカイだと思うけど、そうだとしたら、彼はもうあなたのことを忘れちゃってるよ、お姫さまのことで心がいっぱいだから」

「カイはお姫さまと暮らしているの？」ゲルダはききました。

「そういうこと」カラスは言いました。「でも、聞いて。人間の言葉をしゃべるのは難しい。もしあなたにカラスの言葉がわかるなら、そっちの方がやりやすいんだけど」

「だめだわ、それは習わなかったの」ゲルダはこたえます。「おばあちゃんに教えてもらっておけばよかった。おばあちゃんはカラスの言葉がしゃべれるのよ」

「気にしなくていいよ」カラスは言いました。「なんとかやってみるから」そして、知っていることを、すっかり話してくれました。

「ぼくたちのいまいるこの王国には、それはもう頭の切れるお姫さまがいるんだよ。世界じゅうの新聞を全部読んで、それをまた全部忘れる――そのくらい頭が切れるんだ。彼女はある日玉座に座ってたんだけど（それってけっこう退屈らしいね）、ふいに、こんな歌を口ずさんだんだ。『どうして私は夫を持ってはいけないの？』そういう歌詞の歌さ。で、お姫さまはこう思ったんだ。『まったく歌のとおりだわ』って。それで、結婚することに決めた。でも、打てば響くような賢い相手でなくてはだめで、訳知り顔で、ただつっ立っているような相手では話にならない――そんな相手じゃおそろしく退屈だからね。で、彼女は女官たちを呼びあつめて自分の意向を伝えた。みんな喜んでね、『それはいい考えです』とか、『私もそう思っていたところでした』とか言ったんだ。これ、全部ほんとうのことだよ」カラスは言いました。「ぼくには人間に飼われている恋人がいてね、お城のなかを自由に歩きまわれるから、こういうことを、みんな話してくれるんだ」

この、飼われている恋人というのももちろんカラスでした。類は友を呼ぶ、ということわざどおりにね。

「すぐに、ハートとお姫さまの頭文字で縁どりされた新聞が作られたよ。そこにはこう書いてあった。見た目のいい若い男性なら誰でもお城にやってきて、お姫さまと話すことができる、いちばんくつろいだ様子で、いちばん上手に話せた男性と、お姫さまは結婚する、ってね。ほんとにそう書いてあったんだよ」カラスは続けます。「信じてくれていい。ぼくがいまここにいるのとおなじくらいたしかなことなんだから。若い男たちはお城にたくさんやってきた。それはもうすごい騒ぎだったよ。でも、いい結果は生まれなかった。みんな、おもてでは十分上手に話せるのに、お城の門をくぐって、銀色の制服を着た番兵たちに会ったり、金色の制服の従僕たちを見たりすると、動揺しちゃうんだろうね。いざ玉座の前に立ってお姫さま本人を目にすると、彼女の言ったことの、最後の言葉をくりかえすのが精一杯でね、お姫さまはちっともおもしろくなかったわけなんだ！　みんな、眠り薬でものまされたみたいにぼんやりしていて、お城の外にでてようやく目がさめるみたいだった。そういう若者たちが、街の門からお城の門まで列になっているのを、ぼくはたしかにこの目で見たよ」カラスはさらに続けます。「それで、当然だけど、みんなおなかがへればのどもかわく。でも、お城では水一杯もらえないんだ。なかには聡いやつもいて、バターつきのパンを持ってきていたりもするんだけど、ほかの男には分けてやらないんだ。『空腹な顔をさせておこう』って考えだね、『そうすればお姫さまはそいつに見向きもしないだろう』ってね」

「でも、カイのことはどうなってるの？」ゲルダはききました。「カイもその若者の列にいたの？」

「もうすこしだから」カラスは言いました。「いま、それを話そうとしてたんだ。三日目に、一人の少年が、馬にも馬車にも乗らないで、元気よく歩いてお城にやってきたんだよ。服はみすぼらしかったけど、風になびく長い髪をしていた。それで、あなたとおなじように、聡明な目をしていた」

「カイだわ！」ゲルダはうれしそうに叫びました。「とうとう見つけたわ！」

「背中に、ナップザックをしょっていた」カラスが言いました。

「ああ、それはきっと橇だわ」ゲルダは言いました。「彼は橇といっしょにいなくなっちゃったの」

「うん、そうかもしれない。うん、そうかもしれない」カラスが言います。「ぼくも、そんなに近くで見たわけではないからね。だけど、人間に飼われているぼくの恋人の話によると、彼はお城の門を入って銀色の制服の番兵たちを見ても、金色の制服の従僕たちを見ても、すこしもあわてなかったそうだよ。ただうなずいて、こう言ったんだって。『ずっと門のそばに立っていたり、階段の上に立っていたりしなきゃならないのは退屈でしょう。ぼくは先に進むことにしますね』広間はまばゆいあかりにきらめいていて、偉い大臣や顧問官たちがはだしで歩きまわって、金の皿を運んでいた。何か厳粛な儀式がおこなわれているのはあきらかなのに、彼のブーツがひどくうるさくきしんでね、でも、気後れもせず堂々としていたって」

「それ、すごくカイらしいことだわ！」ゲルダは叫びました。「彼、新しいブーツを手に入れたところだったのよ。おばあちゃんの部屋で、それがキュウキュウきしむ音、私も聞いたわ」

「うん、ほんとうによくきしむ靴だったってね」カラスは話を続けます。「それでも、ひるむことなく勇敢に、お姫さまのところまで歩いていったんだって。お姫さまは、糸車くらい大きな真珠の上に腰かけていたそうだよ。女官たちが助手を連れて勢ぞろいしていて、その助手たちがまた自分の助手たちを連れてきていて、宮廷じゅうの人たちが自分の小間使いと、小間使いの小間使いを連れていてさ、その小間使いたちがまたそれぞれお小姓を従えていて、ともかくそういうのが全部、ずらりとならんでいたんだって。ドアの近くに立っている人ほど偉そうにしてたって。小間使いの小間使いのお小姓たちなんて、普段はスリッパをはいて歩きまわっているのに、このときはあまりにも尊大な様子で立っていて、顔を見るのもはばかられるほどだったそうだよ！」

「それ、かなりおそろしい感じね」小さなゲルダは言いました。「でも、それにもかかわらず、カイはお姫さまの心を射止めたのね！」

「もしぼくがカラスでなかったら、ぼくだって彼女と結婚するよ、婚約者のいる身であっても。人間に飼われてる恋人の話では、彼はぼくぐらい上手に——もちろん、カラスの言葉でしゃべるときのぼくっていう意味だけど——、話をしたそうだよ。見た目もよくて、気持ちのいい若者だったって。お城にきたのもとりいるためでは全然なく、賢いと言われているお姫さまと、どんなに意味のある会話ができるのか、知るためだったらしいよ。で、彼は彼女が気に入って、彼女も彼が気に入った」

「それ、まちがいなくカイだと思うわ」ゲルダは言いました。「カイはほんとうに頭がいいの。暗算ができるし、分数だってわかるんだもの。ああ、お願い、私もそのお城に連れていってちょうだい」

「言うは易し、おこなうは難し」カラスがこたえます。「問題は、どうやって？　ってことだよ。人間に飼われている恋人に相談してみよう。彼女なら、どうすればいいか教えてくれるはずだから。ただ、一つだけたしかなことがあって、それはね、あなたみたいな小さな女の子は、絶対にお城に入れてもらえないってことなんだ」

「あら、いいえ、それはだいじょうぶよ」ゲルダは自信を持って言いました。「私がきたって知ったら、カイはきっとでてきて、私を入れてくれるわ」

「なるほど。じゃあ、ちょっとそこの柵のところで待っていて」カラスは言い、頭を一振りして飛び去りました。

ゲルダはじっと待ちました。夕方、かなり暗くなってから戻ってきたカラスは、「カア！　カア！」

と、まずゲルダにあいさつをしてから、こう言いました。「ぼくの恋人から、このパンをあずかってきたよ。彼女が台所で見つけたんだ。あなたはさぞおなかがすいているだろうね。彼女が言うには、はだしでお城に入ることはできないんだって。銀の服の番兵とか金の服の従僕とかが、それは絶対許さないって。でも、がっかりしなくていい。なかに入る方法はあるんだからね。ぼくの恋人は、寝室に続く秘密の階段を知っていて、鍵のありかも知っているんだよ！」

ゲルダとカラスは、枯れ葉の散る広い道から、お城の庭にしのびこみました。お城のあかりが、一つ、また一つと消えていくころ、カラスはゲルダを裏口に連れていったのですが、裏口の戸は大きくあいていました。

期待と心配に、ゲルダの心臓は高鳴っています。なんだか、悪いことをしているような気持ちでしたが、ゲルダはただ、カイがほんとうにそのお城にいるのかどうか、どうしても知りたいだけなのです。ええ、いるにちがいありません！　カイの聡明な瞳や長い髪を、ゲルダは心に思い描きました。家のバラのしげみの下でよく見たような、カイの笑顔が目に浮かびます。ゲルダを見て、彼女がどんなに遠くまできたか、カイがいなくなって家の人たちがどんなにさびしがっているか知ったら、カイはきっと喜んでくれるでしょう。そう思うとゲルダはたまらなくうれしく、でも同時に不安に胸をしめつけられもするのでした！

ゲルダとカラスは階段をのぼっていきます。すると、棚の上で小さなランプが燃えている場所にでました。床のまんなかで恋人のカラスが待っていて、落ちつかなげに頭をぴくぴくさせながら、ゲルダをじっと見ました。ゲルダはおばあさんに教わったとおり、ひざを曲げて小さくおじぎをしました。

「私の婚約者が、あなたをとてもほめていますのよ、かわいいお嬢さん」人間に飼われているカラスは言いました。「あなたの身の上話――そんな言い方をしてよければですけれど――、とっても胸を打たれたわ。そこにあるランプを持ってくださったら、この先は私がご案内します。ここには誰もきませんから、ただまっすぐ行けばいいんですわ」

「でも、誰かがうしろからついてきている気がするわ」ゲルダがそう言ったとき、たしかに何かが彼女のわきをすりぬけました。「壁に映った影みたいなもの――たてがみのふさふさした馬たちが飛んでいるわ。背中には、狩りにでかける貴婦人や紳士たちが乗っている」

「あれはみんな、ただの夢です」恋人ガラスが言いました。「眠っているご主人さまたちの心を、狩りに誘うためにきたのですわ。いいことですよ、だって、ご主人さまたちがよく眠っているしるしですから、あなたはお二人を、十分近くに寄って眺められますもの。でも、すべてうまくいって、あなたが栄冠を手になさったら、私たちへのお礼も忘れないでくださいね」

「ああ、それはまちがいないさ」森のカラスが言いました。

さて、三人は最初の部屋にやってきました。壁はすべて、花の刺繍のほどこされた、バラ色のしゅすでおおわれています。夢たちは、ここもたちまち駆けぬけていきました。動きがあまりにも速くて、ゲルダには紳士の姿も貴婦人の姿も、見分けられないほどでした。次の部屋、その次の部屋と、先に進めば進むほど、すべてが豪華になっていきます。目がくらむようでした。そして、ついに寝室にたどりつきました。この部屋の天井は、葉をしげらせた大きなヤシの木に似せて造られていました。葉の一枚ずつがガラスです。そして、部屋の中央にベッドが二つ、じょうぶな金の茎からぶらさがっていました。どちらのベッドも百合の花に似せて造られていました。片方は白百合で、そこにはお姫さまが眠っていました。もう片方は赤い百合で、そこにこそ、ゲルダのさがしている少年が眠っているはずです。ゲルダが赤い花びらの一枚をそっとめくると、日に灼けた首すじが見えました。ああ、カイです！　ゲルダは彼の名前を呼び、カイの上にランプのあかりをかかげました。またしても夢たちが部屋に駆けこんできて——、彼が目をさましました。こちらを向くと……、それはカイではありませんでした！

カイに似ているのは首すじだけでした。若くて美しい王子さまです。そのとき白百合のベッドでお姫さまが目をさまし、何の騒ぎかとききました。小さなゲルダはわっと泣きだし、これまでのことや、二羽のカラスが彼女のためにしてくれたことを話しました。

「かわいそうに！」王子さまとお姫さまは言いました。二人ともカラスのしたことをほめ、ちっとも怒ってはいないけれど、二度としてはいけないと言いました。そして、そのうえで、二羽はごほうびをいただけることになりました。

「自由にしてあげてもいいし」お姫さまは言いました。「あるいは、宮廷づきの特別カラスとして、正

式な肩書きをあげることもできる。その場合は、もちろん台所の残りものをなんでもたべられるという特権がつくわ」

二羽のカラスは深々とおじぎをして、正式な肩書きの方でお願いしますと言いました。「老後のことを考えなくてはなりませんから」二羽は言いました。「将来、何が起こるかわかりませんし、備えあれば憂いなしと言いますからね」

王子さまは自分のベッドをでると、ゲルダをそこに寝かせてくれました。ゲルダは両手を祈りの形に組み合わせ、「人も動物も、なんて親切なのかしら！」と考えました。そして、目を閉じ、このうえなくぐっすりと眠りました。夢たちがまた戻ってきましたが、今度のそれは、小さな橇をひく天使たちで、橇のなかにはカイが座っており、ゲルダに向かってうなずいて見せるのでした。でも、それらはみんな、はかない、ただの夢なのでした。

次の日、ゲルダは絹やビロードのドレスを着せられ、好きなだけお城にとどまって、たのしく暮らしてほしいと言われました。が、彼女が頼んだのは、小さな馬車と、ブーツ一足だけでした。また広い世界にでていって、カイをさがしたかったのです。

お姫さまたちはブーツのほかに、温かなマフも用意してくれました。そして、玄関にはゲルダのための、純金製の馬車が停められました。馬車のドアには王家の紋章がつき、星みたいにきらきらしています。馭者たちはみんな、頭に金のかんむりをつけていました。王子さまとお姫さまはゲルダに手を貸して馬車に乗せ、幸運を祈ってくれました。森のカラス——いまではもう結婚しています——が、途中まで見送りにきてくれることになり、ゲルダのとなりに座っていました。向かい側に座ればうしろ向きに進むことになり、カラスには、それは耐えられないことでしたから。一方、妻のカラスは玄関先で、羽をばさばささせていました。いっしょに見送りにいかれないのは頭痛のせいで、このカラスは正式な肩書きを得てからというもの、たぶん台所の残りもののたべすぎでしょうが、頭痛持ちになったのでした。

「さようなら。さようなら！」王子さまとお姫さまが叫びます。ゲルダは泣きました。カラスも泣いています。そんなふうにして、三マイルばかり進むと、今度はカラスがお別れを言う番でした。「さようなら！」どちらにとっても、これは、ほんとうに悲しい瞬間でした。カラスは一本の木の上に舞いあがると、馬車が見えなくなるまで、いつまでもいつまでも、黒いつばさを羽ばたかせていました。お日さまの光のなかで、馬車はきらきら輝いていました。

## 第五章　小さな盗賊の娘

暗い森に入っていくと、きらきら輝く馬車が、たちまち盗賊たちの目をくらませました。

「金だ！　金だぞ！」盗賊たちは叫び声をあげながら駆けよってきて、馬たちをおさえ、何人もいた馭者をみんな殺して、ゲルダを馬車から引きずりおろしました。

「かわいい子じゃないか。栄養状態もよさそうだね」年をとった女盗賊が言いました。粗野なあごひげを生やし、目を疑うほどもじゃもじゃの眉毛をしています。「太った子羊みたいにおいしそうだ。こりゃ、いいごちそうになるよ！」そういって、おそろしいほどよく光るナイフを引きぬきました。

「痛いじゃないか！」みにくい老婆は、いきなり金切り声をあげました。乱暴者の小さな娘に背中から飛びつかれ、耳を思いきりかじられたのです。「この悪ガキめ！」母親である老婆はどなります――が、おかげでゲルダはナイフで殺されずにすみました。

「あたし、この子と遊びたいんだもん」小さな盗賊の娘は言いました。「あたし、この子のマフと、きれいな服をもらうんだ。そいで、この子はあたしといっしょに寝るんだよ！」そう言って、また母親に思いきりかみつきましたので、老婆は飛びあがって空中できりきり舞し、それを見た盗賊たちは、みんな笑いました。「見ろよ、ばあさんがガキと踊りを踊ってらあ！」

「あたし、あの馬車に乗る」小さな盗賊の娘は言いました。この子は、なんでも自分の思うとおりにやることに慣れていました。甘やかされて育ちましたし、強情でもあったからです。ですからこのときも、娘はゲルダをとなりに乗せて、暗い森の奥深くへ、馬車を走らせました。

盗賊の娘はゲルダとおなじくらいの背丈でしたが、ゲルダよりも肩幅が広く、がっしりしていました。インクのように黒い目は、どこか悲しげな風情をたたえています。娘はゲルダを片腕で抱きよせて、こう言いました。

「あんたがあたしを怒らせないかぎり、あたしはあんたを誰にも殺させないよ。あんた、お姫さまなんだってね」

「いいえ」ゲルダは言いました。「私はお姫さまじゃないわ」そして、これまでのことや、大好きなカイのことを話しました。盗賊の娘は真剣な面持ちで耳を傾けたあとで、「もしあんたがあたしを怒らせても、あたしはあんたを誰にも殺させない。そうなったら、あたしが自分で殺すよ！」と言いました。それからゲルダの涙をぬぐい、やわらかくて温かなゲルダのマフに、自分の両手をつっこむのでした。

馬車が停まると、そこは盗賊の城の中庭でした。その城の壁には、上から下まで届く、大きな亀裂が走っています。大ガラスや小ガラスが、その裂け目からでたり入ったりして飛んでいて、人間をのみこんでしまいそうに大きなブルドッグたちが、そのへんを跳ねまわっていました。けれどブルドッグたちは一匹も吠えません。吠えることは禁じられていたからです。すすけた古い広間の床は石でできていて、まんなかで、あかるい火が焚かれていました。大鍋のなかではスープが煮えていて、野ウサギや家ウサギが串刺しになって焼かれています。

「今夜、あんたはあたしとあたしのペットたちといっしょに寝るんだよ」小さな盗賊の娘は言いました。それから、二人はのんだりたべたりして、藁と毛布が広げられた部屋のすみに行きました。百羽もいそうな鳩たちが、頭上のとまり木にとまっています。どれも、眠っているようでした。「みんなあたしの鳩だよ」盗賊の娘は言い、いちばん手近な一羽をつかまえて、脚を持ってふりまわしましたので、鳩は羽を広げて、ばさばさ させました。「キスしてやって」娘は叫び、ゲルダの顔を、その鳩でたたきます。「あっちにいる、あの二羽はやんちゃでね」娘は続けました。「ちゃんと閉じこめとかないと、すぐ飛んでいっちゃうんだ」それから彼女は一頭のトナカイを、角をつかんで引っぱってきました。トナカイは銅の首輪をはめられていて、壁につながれていました。「これはあたしのお気に入りちゃんで、名前はベエっていうんだ」盗賊の娘は言いました。「この子もしっかりつないどかなきゃならない。でないと、すぐ逃げだしちゃうからね。毎晩あたしはこの子の首を、この鋭いナイフでくすぐってやるんだ、おどしつけとく必要があるからね」そう言って、壁の割れ目から長いナイフをとりだすと、その動物の首をそのナイフでなでました。かわいそうな生きものは、脚をけりあげていやがりましたが、娘はただ笑っただけでした。そして、ゲルダを自分の寝床に引っぱりこみました。

「あなたは、いつもナイフを持ったまま寝るの？」気づかわしげにそのナイフを見ながら、ゲルダはききました。

「あたしはいつだってナイフを持って寝るよ」娘はこたえました。「何が起こるかわからないんだからね。だけど、そんなことより、カイって子の話をもう一回してよ。あと、あんたが広い世界にでてきたわけも」そこでゲルダはもう一度、はじめから話して聞かせました。山賊の娘はゲルダの首に両腕を巻きつけましたが、片手にナイフを持ったままでした。やがて、寝息が聞こえ、彼女が眠ったことがわかりましたが、ゲルダは目をあけたままでした。この先も自分が生きていられるのかどうか、ゲルダにはわかりませんでした。

大人の盗賊たちはみんな火を囲んで座り、歌ったりのんだりしています。あの老婆は宙返りを披露しました。かわいそうな小さなゲルダには、それはほんとうにおそろしい光景でした。

そのとき、鳩たちがこう言うのが聞こえました。「クー！　クー！　ぼくたち、カイを見たことがあるよ。白いメンドリがカイの橇を運んでいたよ。カイは、雪の女王の橇に乗っていたよ。ぼくたちがまだ巣にいたとき、森の上を低く飛んでいくのを見たんだ。雪の女王が巣に息を吹きかけたから、そこにいた小鳩は、ぼくたち二羽をのぞいてみんな死んじゃったんだよ。クー！　クー！」

「なんですって？」ゲルダはききました。「その雪の女王はどこへ飛んでいったの？　あなたたち、何か知っている?」

「たぶんラップランドに行ったんじゃないかな」一羽が言いました。「そこは年中、雪と氷に閉ざされているらしいから。あそこにつながれているトナカイにきいてみるといいよ」

「そのとおりです」トナカイが言いました。「あそこは雪と氷ばかりで、それはもうすばらしいところですよ。きらきら輝く広々した谷間を、好きなだけ駆けまわれるんです。雪の女王は、そこに夏のテントを張ります。でも、女王のほんとうのお城は、もっと北極に近い、スピッツベルゲンという島にあります」

「まあ、かわいそうなカイ。かわいそうな、大切なカイ!」ゲルダはつい大きな声をだしました。

「静かに寝なよ!」盗賊の娘がどなります。「でないと、おなかにナイフを突き刺すよ!」

翌朝、ゲルダは鳩の言ったことを、娘にみんな話しました。娘は厳粛な面持ちでその話を聞いてから、「まあ、いいさ、あたしはそれでもいい」と言いました。それからトナカイに向きなおり、「で、おまえはラップランドがどこにあるのか知ってんの?」とききました。

「私よりよく知っている者もないでしょう」トナカイは、目を輝かせて言いました。「私はそこで生まれ育ったんです。雪原を駆けまわったものですよ」

「聞きな」盗賊の娘はゲルダに言いました。「男たちはみんなでかけたけど、あたしの母ちゃんはまだいる。でも、昼ごろになれば、大きなびんから酒をのみだしてね、昼寝をするんだ。母ちゃんが寝入ったら、いいことをしてやるよ」娘は床から飛びだすと、母親の首にしがみつき、ひげを引っぱりながら言いました。「おはよう、ばあさんヤギさん」母親は娘の鼻をぴしゃぴしゃたたきました。鼻は赤くなったり青くなったりしましたが、でも、これがこの人たちの愛情表現なのでした。

老婆が酒をのんで寝てしまうと、盗賊の娘はトナカイのところに行って、言いました。「あたしは、おまえをもっとナイフでくすぐってやりたかったよ。だっておもしろいんだもん。でも、まあいいや。綱をほどいて自由にしてやるから、ラップランドに行きな。だけど、うんと速く脚を動かして、この子を雪の女王の宮殿に連れていってやらなきゃいけないよ。そこに、この子の友だちがいるんだから。話はおまえも聞いてただろ、あそこで立ち聞きしてたんだから」

トナカイは、うれしさのあまり飛びあがりました。盗賊の娘はゲルダをトナカイの背中に乗せると、おしりに敷くための小さなクッションをくれました。それから、ゲルダが落ちないように、ひもでくくりつけてもくれました。

「まあ、いいや」娘は言いました。「ほら、あんたの毛皮のブーツだよ、寒くなるからね。でも、マフはあたしがもらっとく、すごくきれいなんだもん。だけどあんたを凍えさせたりはしないよ。ほら、母ちゃんの長手袋を持っていきな。あんたならひじんとこまで入るはずだよ」

ゲルダはうれしくて泣きました。「めそめそされるのはごめんだよ」盗賊の娘は言いました。「もっとうれしそうにしな。おなかが空いたときのために、パンとハムも持ってきたよ」そう言いながら、娘は食料をトナカイの背中にくくりつけました。それからドアをあけはなち、犬たちを部屋のなかに入れると、トナカイをつないでいた綱を、自分のナイフで切りました。「さあ、走ってお行き。この子のことを頼んだよ」

ゲルダは片手を盗賊の娘の方にのばして、「さようなら」と言いました。トナカイは、しげみを越え切り株を越え、暗い森を通って湿原をぬけ、荒野をぬけ、力のかぎり駆けていきます。オオカミが吠え、大ガラスが鳴きました。〝シューッ！　シューッ！〟跳ねるように進むトナカイの上空でふしぎな音がして、空が赤く光ります。

「あれは、私のむかしなじみのオーロラです」トナカイが言いました。「じつに美しいでしょう？」トナカイはさらに脚に力をこめ、昼も夜も、夜も昼も、何日も駆けに駆けました。パンはすっかりたべつくされ、ハムもすっかりたべつくされました。そして、ついに、ラップランドにつきました。

## 第六章　ラップランドの女とフィンマルクの女

ゲルダを乗せたトナカイは、小さな家の前で停まりました――それはほんとうにみすぼらしい、小さな小屋でした。屋根が地面に触れていて、ドアはとても低い場所にありましたので、なかに入るためには腹這いになるしかないのです。ここには、ラップランド人の老女が一人きりで住んでいて、ちょうど、

オイルランプで魚を焼いているところでした。トナカイはこの老女にゲルダのことをすっかり話して聞かせたのですが、その前に自分のことも話しました。自分の話の方が、より重要でしたから。ゲルダは寒さで疲(つか)れきっていて、ほとんど話すことができませんでした。

「おやまあ、二人とも気の毒に」ラップランド人の老女は言いました。「まだまだ遠くまで行かなくちゃならないね。雪の女王の住むフィンマルクまでは、ここから百マイル以上あるもの。女王はそこで、夜ごと青い焚(た)き火(び)をしてるらしいね。あんたたちが持っていけるように、フィンマルクにいる女に、ちょっと手紙を書いてあげよう。ここには紙がないから、干(ほ)し鱈(だら)の上に書こうかね。フィンマルクの女なら、あたしよりきっといろいろ教えてくれるよ」

それで、ゲルダが体を温めたり、食事をさせてもらったりしているあいだに、ラップランド人の老女は干(ほ)し鱈(だら)に手紙をしたため、失(な)くさないようにと言いながら、それをゲルダに持たせました。ゲルダはふたたびトナカイにくくりつけられ、出発します。シューッ！　シューッ！　空の上で音がして、このうえなく美しい青いオーロラが、一晩じゅうきらめきつづけました。

こうして、ゲルダとトナカイはフィンマルクにやってきて、フィンマルク人の女の家の煙突をノックしました。この家には、ドアというものがなかったからです。けれど家のなかは信じられないほど暖かく、フィンマルク人の女は、ほとんど裸同然のかっこうをしていました。この女の人は小柄で、あまり清潔そうには見えませんでした。彼女はまずゲルダの服のボタンをはずし、ブーツと手袋を脱がせました。そうでもしないと暑すぎるからです。次に氷を一つトナカイの頭にのせてやり、それから干し鱈の手紙を読みました。何度も何度もくりかえし読み、中身を全部おぼえてしまうと、彼女はそれを、小鍋のなかに投げこみました。こうすればまだおいしくたべられますし、この人は、物を決して無駄にしないのでした。

トナカイは女にまず自分の話をし、それがすむと、ゲルダの話をして聞かせました。フィンマルク人の女は思慮深げな目で何度かまばたきしましたが、何も言いませんでした。

「あなたがとても賢い方であることはわかっています」トナカイが言いました。「あなたは世界じゅうの風をつなぎあわせて、一本の木綿糸みたいにすることができるんだそうですね。船乗りが一つ目のつなぎ目をほどけばいい風が吹き、二つ目をほどくと強い風が吹いて、でも、三つ目や四つ目をほどいて

しまうと、森も吹きたおさんばかりの嵐が吹きあれるんだとか。ここにいる女の子のために、特別な薬を調合してもらえないものでしょうか、それをのめば十二人力がついて、雪の女王を打ち負かしてしまえるような？」

「十二人力だって？」フィンマルク人の女は、言いました。「それはまた大仰なことだね！」女は棚のあるところに行って、大きな皮の巻物をとってくると、それを広げました。奇妙な文字の書かれたその巻物に、女は熱中しているようです。額から汗をたらしながら読んでいました。トナカイは、ゲルダを助けてやってほしいともう一度頼みました。ゲルダは目にいっぱい涙をためて、女の目を見つめます。すると、女の目がまたまばたきをはじめました。女はトナカイを部屋のすみにひっぱっていくと、トナカイの頭に新しい氷をのせてやり、それからこう耳打ちしました。

「カイはたしかに雪の女王のところにいるよ。そこが気に入っているんだ。なぜだと思う？　目に入ってしまったガラスのかけらと、心臓に刺さっているもう一つの破片のせいだよ。だから、なんとかしてその二つを外にださなくちゃいけない。そうしないと、その子は人間に戻れないし、永遠に、雪の女王の思うがままさ」

「でも、そういうことのすべてに打ち勝てるような何かを、ゲルダにさずけてくれないんですか？」

「あのね、あの子のなかにある力以上に大きな力をさずけることなんて、私にできるわけがないだろ。あの子の持っている力がどんなに大きいか、おまえにはわからないの？　人間も動物も、みんながあの

子を助けたくなっちゃうんだからね。だからこそ、はだしでこの広い世界に道を切り拓いてこられたんじゃないか。力について言えばね、あの子には、私たちから学ぶことなんてなんにもないよ。あの子の力はあの子の心のなかに、子ども特有の無垢さのなかにあるんだからね。もしあの子が雪の女王のところにたどりつけないなら、もしあの子がカイの目と心臓からガラスをとりのぞけないなら、私たちにはどうすることもできない。だからね、お聞き。ここから二マイルばかり行くと、その先は雪の女王の敷地だ。あの子をそこまで送っていきなさい。赤い実をつけたやぶが雪の上にちょっと顔をだしているから、そこで降ろしてやるといい。そこについたら無駄なおしゃべりなんかするんじゃないよ。大急ぎでここに戻っておいで」フィンマルク人の女は言うと、ゲルダの体を持ちあげて、トナカイの背中に乗せました。トナカイは全速力で走ります。

「いやだ、私、ブーツも長手袋もおいてきちゃった!」ゲルダは叫びました。かじかむ寒さで気づいたのですが、トナカイは止まろうとしません。赤い実のついたやぶのところまで一気に駆けていき、ゲルダを地面に降ろします。そしてゲルダにキスをしました。大粒の、透明な涙がこの動物の頬を伝い、かわいそうなゲルダはブーツと長手袋もないまま、そこに立っていました。氷と雪ばかりの、凍えるほど寒い、フィンマルクのどこかに。

トナカイが駆けさってしまうと、ゲルダはできるだけ走って前に進もうとしましたが、雪ひらの大群が突然おしよせてきました。でもそれは、空から降ってきたのではありません。空はすっきり澄んでいて、オーロラが輝いているのですから。雪ひらたちは、地面をまっすぐ突進してきます。しかも、こちらに近づいてくればくるほど大きくなるのです。ゲルダめがけて、大群はどんどん迫ってきました……おそろしいことに……その雪ひらたちは生きているのでした！　彼らは雪の女王の前哨部隊でした。大きさも形も、想像を絶する不気味さです。あるものはみにくいヤマアラシの形をしていましたし、あるものは、とぐろを巻いて鎌首を持ちあげたへびの形をしていました。また、あるものは太った小さな熊のようで、毛をすっかり逆立てているのでした。けれど、どれも、まっ白であることはおなじでした。みんな、生きている雪ひらであることも。

ゲルダはお祈りをとなえました。寒さが尋常でないので、口からこぼれた息が、煙みたいに白く見えました。そして、その息の煙はみるみる濃くなって、たくさんの、小さな天使の形になりました。天使たちは、地面に触れると、そのたびに大きく、もっと大きくなっていきます。みんな頭に鎧をかぶり、盾と槍を持っていました。ゲルダがお祈りをとなえ終えるころには、天使の軍隊が彼女のまわりをとりまいていました。天使たちは雪ひらの怪物たちを槍で突き刺し、たちまち粉みじんにしましたので、ゲルダは安全に、進んでいくことができました。天使たちはゲルダの手や足をさすり、そうすると、ゲルダはもうあまり寒いと思わなくなりました。それで、足を速めて、雪の女王のお城に向かったのでした。

でもここで、あれからカイがどうしていたのか、見てみることにしましょう。ゲルダのことを忘れてしまい、ゲルダがいまお城の前まできているなんて、夢にも思わずにいるカイがどうなっているのかを。

# 第七章　雪の女王のお城で何があり、そのあとどうなったのか

そのお城の壁は、吹きよせられた雪でできていました。窓とドアは、身を切るような風でできていま す。何百という広間があるのですが、それら無数の広間もまた吹きよせられた雪でできていて、一つず つが、ただ果てしなく広いのです！　そこでは、陽気なことやにぎやかなことは一切おこなわれません。白熊たちの舞踏会すらないのです。雪嵐がきて風が音楽を奏でると、白熊たちはうしろ脚で立って、かなり上手に踊るのですが。また、ここにはちょっとした楽しみや、遊びというものもありません。若い白ギツネのお嬢さんたちの、ささやかなコーヒーの会すらないのです。雪の女王のお城のなかは、何もかも冷たく、むきだしでした。オーロラの、あかるく強い光もここではとても規則的で、いつ高くなるのか、いつ低くなるのか、誰にでもすっかりわかりました。そんなお城のまんなかに、凍った湖が一つあります。この湖の氷はこなごなにくだけているのですが、幾千万というそのかけらが、一つずつすべてそっくりおなじ形状をしており、全体として、じつにみごとな芸術作品になっています。家にいるときの雪の女王は、いつもこの湖のまんなかに座っていました。そして、これは理知の鏡だというのでした。世界でたった一つの、完璧な鏡なのだと。

小さなカイは寒さに青ざめていましたが、自分では、それに気づいていませんでした。雪の女王が彼

にキスをして、寒さの感覚をうばったからですし、カイ自身の心臓が、氷のかたまりのようになっていたからでもあります。彼はいま、とがった平たい氷のかけらをあちこちから引きずってきて、さまざまに組みあわせているところでした。ちょうど、私たちが木片をならべて特定の形にする、あのタングラムというパズルのようなものです。でも、彼はもっとずっと複雑な図形を作ろうとしていました――これは、氷の知性パズルと呼ばれています。カイの目には、このパズルでできるさまざまな図形ほどすばらしい、驚くべきものはないのであって、それは、彼の目のなかのガラスのかけらが、そう見せているからでした。カイはよく、氷のかけらをならべて言葉の形にするのでしたが、一つの言葉が、どうしても思うような形に作れませんでした。それは〝永遠〟という言葉で、雪の女王はいつも、「その言葉になる氷の組み合わせを見つけたら、おまえを自由にしてあげるわ。私はおまえに世界をまるごとあげるし、新しいスケート靴もあげる」と言っているのですが、カイはその組み合わせを見つけられずに、ずっとここに、こうしているのでした。

「そろそろ暖かい国々にでかけてくるわ」ある日、雪の女王は言いました。「あの二つの黒いお鍋のなかをのぞいてこなきゃ」（彼女が言っているのは二つの火山、エトナ山とヴェスヴィオ山のことでした。）「雪や氷を降らせて、ちょっと白くしてくるわ。これは大事な仕事なのよ、ブドウやレモンにとっていいことなの」

　こうして女王が飛んでいくと、凍えそうに寒くて広大な氷の広間には、カイただ一人が残されました。

カイは氷のかけらたちをにらみ、パズルを解こうと考えに考えたのですが、しまいに、何かが凍りつくときのピキッという音が、自分の体のなかから聞こえました。カイは身動き一つせず、じっと静かに座っています。もし誰かがそれを見ていたら、凍りついて死んでしまったのだと思ったことでしょう。

大きな門をくぐったゲルダが、お城にやってきたのはそのときでした。風が、かみつくように吠え猛りましたが、ゲルダがお祈りをとなえると、まるで眠ったかのように静かになりました。凍えそうに寒い、広大な氷の広間にゲルダが足を踏みいれると、カイの姿がありました。ゲルダはカイに飛びつくと、しっかり抱きしめて叫びました。「カイ！　なつかしい、大好きなカイ！　とうとうあなたを見つけたわ！」けれどカイは冷たい体をこわばらせ、よそよそしい表情で、ただじっと座っています。ゲルダの熱い涙が、カイの胸にぽたぽたと落ちました。落ちた涙はまっすぐカイの心臓にしみこみ、氷のかたまりを溶かして、そこにあったガラスのかけらをのみこみます。すると、カイがわっと泣きだしました。その涙が、目のなかのガラスのかけらを洗い流します。すると、カイにもようやく、いま目の前にいるのが誰なのかわかりました。喜びを爆発させて、カイはこう叫びました！「ゲルダじゃないか！　なつかしい、なつかしいゲルダ、こんなにながいあいだ、きみはどこに行ってたんだい？　ていうか、ぼくはいったいどこにいたんだ？」それからあたりを見まわし、身ぶるいしました。「ここはなんて寒いんだ！　だだっ広くて、さびしいところだな！」そういってゲルダをしっかりと抱きしめました。

二人はどちらもともかくうれしくて、泣いたり笑ったりしました。すると、氷のかけらたちまでが、

幸福そうにくるくると踊りながら舞いあがりました。すこしして、舞いあがったかけらたちはみんな静かに横たわったのですが、彼らのならび順、彼らがみずから示したその組み合わせは、あの言葉を形づくっていました。雪の女王がカイに作らせようとした、それができたらカイを自由にすると言った、あの言葉です。

ゲルダがカイの頰にキスをすると、彼の頰は、花が咲いたようにふわりと赤らみました。ゲルダがカイの目にキスをすると、彼の目は、ゲルダの目とおなじくらいいきいきと輝きました。ゲルダが今度は手と足にキスをすると、カイはすっかりじょうぶになり、力強い気持ちになりました。それに、もしいま雪の女王が戻ってきても、なんの問題もないのです。カイに自由をもたらす言葉が、きらきら輝く氷の上に、はっきり示されているのですから。

二人は手をつないで、その大きな氷のお城をあとにしました。二人はおばあさんのことを話し、屋根のバラのことを話します。歩いているあいだ、二人のまわりだけは風が穏やかに静まり、お日さまの光がさしこみました。そして、赤い実をつけたしげみのところまでくると、あのトナカイが待っていました。そばに、もう一頭若いトナカイがいます。このトナカイの乳房はたっぷりふくらんでいて、二人に温かいミルクを飲ませてくれました。それから二頭は背中にカイとゲルダを乗せ、フィンマルクの女の家に連れていきました。二人はその暑い部屋で体を温め、家までの帰り道を教わりました。ラップランド人の老女は二人に新しい服を縫っておいてくれたばかりか、カイが失くした橇をどこからか見つけ、修理しておいてもくれました。

トナカイたちは、二人の乗った橇とならんで走り、国境まで送ってくれました。ここにきてはじめて、緑がすこし、芽吹いているのが見えました。二人は、これまでにしてもらったたくさんの親切にお礼を言って、トナカイたちと別れました。

進んでいくと、やがて小鳥のさえずりが聞こえ、緑の新芽が萌える、あかるい森が見えました。そしてその森から、美しい馬（ゲルダには一目で、それがあの金色の馬車を引いていた馬だということがわかりました）にまたがった、若い娘が現れました。しゃれた赤い帽子をかぶり、体の横に、ピストルをいくつもさげています。あの盗賊の娘でした。家にいることにあきあきして、どこか北の方へ――そして、もしそこが気に入らなければどこかべつなところへ――行こうと、出発したところなのでした。ゲルダも娘も互いに一目で相手がわかり、再会を喜びあいました。

「ゲルダが追っかけていった大事な人ってのがあんたかい？」盗賊の娘はカイに向かって言いました。「苦労して世界の果てまでさがしにいくだけの価値が、あんたにあるのかどうかあたしにはわからないけどね！」

けれどゲルダは娘の頬をそっとなでて、王子さまとお姫さまのことをたずねました。

「あの人たちは外国を旅しにいったよ」盗賊の娘はこたえます。

「じゃあ、あのカラスは？」ゲルダの問いに、「死んじまった」というこたえが返りました。「人馴れしてた方のカラスは、いまじゃ未亡人さ。どこへ行くにも、黒い毛糸の喪章を脚につけてるよ。みじめに見えるよ、ほんとにね！　だけど、その役をたのしんでるんだ。それより今度はあんたが話す番だよ。あれからどうしたの？　結局のところ、どうやってこの男をつかまえたのさ」

それで、カイとゲルダは娘にすべて話しました。

「なるほどね、めでたしめでたしってわけか……」盗賊の娘は言い、カイとゲルダの両方と握手をして、二人の住む街を通ることがあれば、必ず訪ねると約束しました。そして馬にまたがり、広い世界にでていきました。

カイとゲルダは手に手をとって、旅を続けます。あたりはどんどん美しくなっていき、花々の咲き乱れる春になりました。教会の鐘が鳴りわたります。すると、背の高いその教会の塔にも、教会のあるその大きな街にも、二人は見おぼえがあるのでした。ここは、前に二人が住んでいたあの街です。カイとゲルダはおばあさんの家まで歩き、ドアをあけてなかに入ると、階段をのぼりました。部屋のなかは、以前とすこしも変わっていませんでした。〝チク、タク、チク、タク〟時計はきちんと動いています。けれど、部屋から部屋へ歩きまわるうちに、二人には、自分たちが大人になっていることが、どういうふうにしてか感じとれました。屋根の雨どいの上のバラが、あいた窓の外、窓のすぐ近くに咲いています。そして、その下には、子ども用の椅子も二つ、おいてありました。二人は、その椅子に腰かけて、手をつなぎあいました。雪の女王のお城の果てしなさも氷の冷たいきらめきも、いまではただ、こわい夢を見ただけのように思われました。屋根の上にはおばあさんもまた座っていて、あかるい日ざしのなかで、声にだして聖書を読んでいます。

　カイとゲルダはそこに座って、互いの目をじっと見つめていました。二人は大人でした。が、子どもでもまたありました——子どもが、心のなかに住んでいました。そして、ときは夏、暖かい、祝福された夏でした。

# かがり針（ばり）

あるところに、自分のことを縫い針だと思っている、とても繊細なかがり針がいました。「あなたの持っているものを、ちゃんと気をつけてよく見て！」かがり針は、自分をつまみあげている指たちに向かって言いました。「私を失くさないでね！　もし床に落ちたら、二度と見つからなくなっちゃう！　私はこんなに華奢なんですもの！」

「わかった、わかった」かがり針の胴体をつかんだまま、指たちは言いました。

「ねえ、見て、私、ながいドレスを着ているみたいでしょ」うしろに糸を引きずりながら（この糸に、玉結びはしてありませんでした）、かがり針は言いました。指たちは、料理人の室内履きに、針をまっすぐさしこみます。この室内履きは上の部分の革が裂けてしまっていて、修理する必要があったのです。

「こんなの上品な仕事じゃないわ」かがり針は言いました。「私にはできっこないわ！　折れちゃう！　折れちゃうわ！」そして、ほんとうに折れてしまいました。

「そう言ったでしょ？」かがり針は言いました。「私はとっても華奢なんだからって！」

「この針は、もう使いものにならないな」指たちは思いましたが、それでも依然として、針をしっかり持っていなくてはなりませんでした。というのも、料理人が針に封蠟をたらし、スカーフに刺したからです。

「見て！　いまじゃ私はブローチよ」針は言いました。「こうなることはわかってたわ！　格があがったのね。立派な者には立派な場所が、いつだって用意されているものよ」そして彼女はひとり笑いしました。もちろん、かがり針が笑っているところを、外からは誰も見ることができませんでしたけれども。ともかく彼女はその場所に収まり、大型馬車でも御しているかのように誇らしげな様子で、あたりを見まわしました。

「あなたが純金製かどうか、おたずねしてもかまいませんこと？」かがり針は、となりにいたピンにききました。「あなたはとても見かけがよろしいし、小さいとはいえ、ご自分の頭もお持ちなのね。もうすこし大きくするように努力なさった方がいいかもしれませんわ。だって、誰もがみんな、私のように頭に封蠟をつけられるわけじゃありませんものね」そう言いながら、かがり針は誇らしげに背すじを伸ばしたものですから、スカーフからはずれて、料理人がちょうど水を流していた流し台に転がりおちました。

「あら、今度は旅にでることになっちゃったわ」かがり針は言いました。「迷子にならないといいんだけど」でも、迷子になったのです。

「私、この世に生きるには繊細すぎるんだわ」

どぶに横たわって、かがり針は言いました。「でも、私は自分が何者であるかには自覚的だし、それはいつだってなぐさめになるわ」そう考えて姿勢を正し、気持ちをしゃんとさせました。ありとあらゆ

るものが、彼女のそばを流れすぎていきます。木片、藁束、古新聞の切れはし。

「まあ、みんなどんどん流れていくのね」かがり針は言いました。「自分たちの下に何が落ちているのか、ちっとも気づいていない。それはあたくしよ！　ここにしっかりくっついているのはあたくしなのよ！　ほら、木切れが一つ流れてくる。自分のことしか考えずに、木切れ一つが！　それに、あっちには藁たちが。ねじれたり、くるくる回ったりしながらやってくるわ。自分のことばかり考えてちゃだめよ！　敷石にぶつかっちゃうかもしれないわよ！　今度は新聞紙がくる。そこに載っているのはとっくに忘れられちゃったできごとなのに、いまだにおんなじことを言いたてている！　私はここに、じっと静かに座っていよう。私は自分が何者なのか知っているし、これからもそうでありつづけるわ！」

ある日、とてもあかるくきらめくものがそばにきたので、かがり針はダイヤモンドにちがいないと思いました。でも、それはただの、割れたびんのかけらでした。それがあんまりすてきに輝くので、かがり針は自分をブローチだと自己紹介して話しかけました。

「あなた、ダイヤモンドでしょ」彼女は言いました。

「うん。まあ、そんなようなものかな」というのが返事でした。それで二人は互いに相手をとても高価なものだと思いこみ、世のなかについて、世のなかの人たちがどんなに傲慢であるかについて話しあいました。

「ええ、私はある若いご婦人の小箱のなかに住んでいましたのよ」かがり針は言いました。「その婦人は料理人でした。それぞれの手に五本ずつ指があったんですけれど、あんなににょきにょき突きでたものたちを、私はほかに知りません！　あの指たちは私をつかみ、箱からだしたりまた戻したりするためだけにそこにいたんです！」

「その者たち、何か特別な輝きを持っていたの？」びんのかけらがききました。

「輝きですって？」かがり針は言いました。「いいえ！　まさか！　どう見ても傲慢さしか持っていませんでしたわ！　あの人たちは五人兄弟だったんです、指の家族ですわ。みんなならんで寄りそっていました、長さはそれぞれちがいましたけれどね。外側の一本、親指って呼ばれてましたけれど、あれは短くて太っていて、ほかの指たちからすこし離れていました。彼、背中に関節が一つしかなくて、ですから一種類のおじぎしかできませんでしたの。でも自分では、もし人間の手から自分が失われてしまったら、その人間は何もできなくなるって主張してましたわ。二番目の指、味見用のやつは、甘かったりすっぱかったりするお料理のなかに突っこまれますの。それに、太陽や月を指さすときにも使われますわ。物を書くときにペンをおさえたりもしていました。まんなかの背高のっぽは、ほかの指たちの頭を見おろしてばかりいました。四番目は指輪用の指で、おなかのあたりに金の輪っかをはめていましたわ。最後のちびちゃんは一切なんにもしないんですけれど、それを誇りに思っているようでした。五人とも大口たたきで、あることないこと言いたてるものですから……私、流しに倒れちゃったんですわ」

「それで、私たちはこうしてここに座って、光ってるってわけなのね」びんのかけらが言いました。が、ちょうどそのとき、どぶに水がどっと流れこみ、割れたびんのかけらを運びさってしまいました。

「あら、配置換えってわけ？」かがり針は言いました。「でも私は運ばれなかった。華奢すぎるんだわ。だけど、そういう自分を私は誇りに思っているし、誇りは尊重されるべきだわ」それで彼女はそこにいつづけ、断固として背すじをのばし、いろいろなことを考えました。

「私がこんなに上品なのは、お日さまから生まれたからじゃないかしら。さっきから日の光が水の上をちらちらして、私をさがしているみたいだもの。ああ！　でも私は華奢すぎるから、母親であるお日さまにも見つけられないんだわ！　もうとれちゃったけど、もしまだ私に目がついていたら、泣いちゃうところだわ！　いいえ！　泣いたりしない。泣くなんて上品なことじゃないもの」

ある日、街の少年たちがどぶのなかをかきまわしました。彼らは釘を見つけ、銅貨を見つけ、ほかにもそういうがらくたを見つけました。ぐちゃぐちゃ、どろどろでしたが、少年たちはそういうものが好きなのです。

「痛っ！」一人が言いました。かがり針が指に刺さったのです。「なんだよ、こいつめ！」

「私はこいつじゃないわ」かがり針は言いました。「若いレディなのよ」でも、その声は誰にも聞こえません。封蠟はすっかりなくなり、彼女は黒くなっていましたが、黒はほっそり見える色ですから、彼女自身は、自分は前よりさらに華奢になったと思っていました。

「卵の殻が流れてきたぞ」少年たちは言い、かがり針をその殻に突き刺しました。

「白い背景に黒い私」かがり針は言いました。「なんていい色合わせかしら！　これでみんなに私の姿が見えるわ！　あとは、船酔いさえしなければいいんだけど。だって、もし船酔いしたら、私は折れちゃうもの！」

けれど船酔いはしませんでしたし、折れもしませんでした。

「はがねの胃袋とすぐれた忍耐力を持ってるのって、こういうときにはいいものね。船酔いしなくてすむもの」かがり針は言いました。「ほら、もう気分がよくなった。華奢なら華奢なほど、試練に耐えやすいのよ」

〝ぐしゃっ〟卵の殻がつぶれました。荷馬車にひかれたのです。

「助けて！　ひどい衝撃だわ！」かがり針は言いました。「今度こそ船酔いしてしまう！　折れちゃうわ！　折れちゃう！」

荷馬車が上を通っていったにもかかわらず、彼女は折れませんでした。

かがり針はそこに横たわっていました。体をまっすぐにのばして。もうほうっておきましょう。

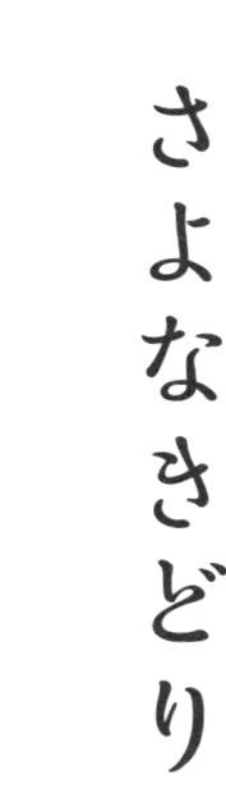

# さよなきどり

中国では、みなさんもご存知のとおり、皇帝は中国人ですし、皇帝につかえる家臣たちもみんな中国人です。これからお話しするのは、ずっと、ずっとむかしのことですが、だからこそ、いま聞いていただく価値があるのです——すっかり忘れられちゃう前にね！

その皇帝の宮殿は、世界じゅうでもっとも華麗な宮殿でした。全体が上品な磁器でできていて、とても高価でした。けれどとてもこわれやすくもあり、誰もが、何かにさわるときにはうんと注意深くしなくてはなりませんでした。庭にはこの世のものとも思われない花々が咲き乱れ、なかでももっとも貴重な花々には銀の鈴がつけられていて、近くを通るたびにちりんちりんと鳴りましたので、さわらないように気をつけることができました。この皇帝の庭では、何もかもがこのように、芸術的な趣向を凝らして設えられているのでした。とても広く、とても遠くまで続いている庭で、庭師でさえ、どこまで続いているのか正確にはわからないほどでした。

でも、ずっと歩いていくと、大きな木々がしげり、深い湖がいくつもあるすばらしい森にでます。森は海まで続いていて、海に張りだした枝の下には、大きな船が何艘も停泊していました。そして、このあたりの木立ちのなかに、一羽のさよなきどりが住んでいました。とても美しい声でさえずる小鳥で、仕事に追われている貧しい漁師でさえ、夜におもてで網を投げる作業の手を止めて、聴きいってしまうほどでした。「なんて美しい声だろう」彼は思うのですが、すぐに仕事に戻らなければならないので、その小鳥のことは忘れてしまいます。けれど、次の夜、さよなきどりがまたさえずりだすと、漁師はまた手を止めて聴きいり、「ああ、なんてかわいらしい歌声だろう！」と感嘆するのでした。

この皇帝の都には、世界じゅうから旅行者がやってきて、宮殿や庭を眺めて感心するのでしたが、さよなきどりの声を耳にしたとたん、みんな口をそろえてこう言いました。「これがいちばんすばらしい！」

旅人たちは自分の国に帰ると、この特別な鳥について、そこの人々に語り聞かせました。学者たちは、この都や宮殿や庭についてたくさんの本を書きましたが、さよなきどりに言及することを決して忘れず、何よりすばらしいものとして賞賛しました。詩人たちも、深い湖のそばの森に住むさよなきどりを、このうえなく美しい詩にしました。

こういった本たちは世界じゅうに広まり、そのうちのいくつかは、皇帝自身の目にふれました。金でできた玉座に座った皇帝は、夢中になって読んではしきりにうなずいて、自分の都、自分の宮殿、自分の庭をほめたたえる記述にすっかり気をよくしています。が、そこで、「でも、何よりすばらしいのはさよなきどりです」という一文が目に飛びこんできました。

「なんだ、これは！」皇帝は叫びました。「この、さよなきどりとかいうもののことを、わしは何も知らんぞ！　わが帝国に、そんな鳥がいるのか？　わしの庭に？　それなのに知らずにおったとは！　本を読んではじめて知らされるなどということが、あっていいはずがない！」

そこで、皇帝は侍従長を呼びだしました。大変身分の高い人で、誰かに何かを質問されても、気に入らないと「ピ！」とか「プ」とかしか返事をしないのでしたが、それらの言葉に、意味はなんにもありません。

「非常に傑出した小鳥がここにいて、さよなきどりという名前らしいのだが」皇帝は言いました。「それがわが帝国で最上のものだと本に書いてある。なぜこれまで、誰もそれをわしに教えてくれなかったのだ？」

「わたくしにも初耳です」侍従長はこたえました。「その鳥を、宮中でお見かけしたことはないかと存じますが」

「わしは、今夜、その小鳥にここにきて歌ってもらいたい」皇帝は言いました。「わしが所有しているもののことを世界じゅうが知っていて、わしだけが知らんというのは納得がいかんからな」

「そのような鳥のことを、誰からも聞いたおぼえはございませんが」侍従長はこたえます。「さがしにいって、見つけてまいりましょう」

でも、どこに行けば見つかるのでしょう？　侍従長は宮殿の階段を駆けのぼったり駆けおりたりし、すべての広間を見まわり、広い廊下も狭い廊下もくまなくさがしましたが、誰にきいてもさよなきどりなんて知らないと言います。そこで彼は皇帝のもとに急いでひきかえし、本を書いた人たちのつくりごとだろうと進言しました。

「皇帝陛下、本など信用なさるべきではありません！　あきらかにつくりごとです！　あるいは、何らかの魔術によって、ゆがめられた記述なのかもしれません」

「しかし、わしの読んだこの本は」皇帝は言いました。「やんごとなき日本の天皇から贈られたものだ。うそが書かれているはずがない。わしはさよなきどりの歌声を聴くぞ！　その鳥は、今夜ここにこなければならん！　きたら特別待遇でもてなす！　もし鳥を連れてこられなかったら、おまえたち宮廷じゅうのすべての人間の胃袋を、夕食の直後に踏みつぶすからな！」

「ツィン・ペ！」侍従長は言い、またしても階段や廊下を駆けまわることになりました。宮廷じゅうの人々のうちの半分が、おなかを踏みつぶされるのがこわくて、彼といっしょに駆けまわって捜索を手伝いましたので、宮廷以外の世界じゅうが知っているらしい、その驚くべきさよなきどりについて、またたくまにみんながたずねあうようになりました。

　そしてついに、台所で働いている少女にたどりつきました。「あらまあ！　さよなきどりですって？　もちろんよく知っております。とってもきれいな声でさえずるんですよ！　毎晩、私は宮殿のお食事の残りものを、海辺に住む、かわいそうな病気の母に持っていくお許しを得ておりますが、その途中、森のなかで立ちどまり、すこし休憩をいたします。そうすると、さよなきどりの歌うのが聞こえます。あんまりきれいな声なので、涙がこぼれそうになるんです。なんだか、母にキスをされたみたいな気がして」

「かわいい台所女中よ」侍従長は言いました。「おまえを常雇いにしてやろう。皇帝陛下がお食事なさる姿を、遠くから見守る許可も与えよう。かわりに、さよなきどりのいる場所に案内してほしい。その小鳥を、今夜宮廷に連れてこいというお達しなのでね」

というわけで、侍従長と台所女中は宮廷じゅうの人々の半分を引きつれて、さよなきどりがいつも歌っているという森に分けいっていきました。歩いていると、牝牛がモーと鳴きました。

「おお！」小姓たちが叫びます。「いまのがそうですね！　なんて驚くべき、力強い声でしょう、そんな小さな生きものにしては。でも、たしかに前に聞いたことのある声です」

「あら、ちがいますよ！」台所女中は叫びました。「いまのはただの牝牛です。さよなきどりがいるのはまだずっと先ですよ」

すると今度は、沼地でカエルの鳴くのが聞こえました。

「すばらしい！」宮廷の主任説法師が言いました。「今度こその鳥の声を聞きましたよ。まるで教会の鐘の音のようですな」

「いいえ、あれはカエルです」台所女中は言いました。「でも、さよなきどりがいるところまで、もうそう遠くないですよ」

そして、さよなきどりがさえずりはじめました。

「これですわ！」小さな台所女中は叫びます。「よく聴いて！　ほら見てごらんなさい！　あそこにいるわ！　あれがさよなきどりですよ！」そして、枝にとまった一羽の灰色の小鳥を指さしました。

「そんなことがあるのか？」侍従長が言いました。「あんなに地味な見かけだとは思ってもみなかった。いたって平凡ではないか！　おそらく、高貴な名士たちに囲まれているんで色を失ったんだろうな」

「かわいいさよなきどり」台所女中は呼びかけます。「私たちの親切な皇帝陛下が、あなたに目の前で歌ってほしいとお望みですよ」

「喜んで歌わせていただきます」さよなきどりはこたえると、すぐにすばらしい歌声を披露しました。

「まるでガラスのベルのようだ」侍従長が言いました。「あの小さなのどがふるえるところを見てごらん！　これまでこの歌声を聞いたことがなかったなんて、奇妙じゃないかね。これは、宮殿じゅうが夢中になるにちがいないぞ！」

「皇帝陛下のために、もう一度歌いましょうか？」さよなきどりはききました（なぜって、皇帝もそこにいると思っていたのです）。

「なんともすばらしい、小さなさよなきどりよ」侍従長は言いました。「つつしんでお伝え申しあげよう。あなたを、今夜ひらかれる宮廷のパーティにお招きしたい。ぜひその美しい歌声で、皇帝陛下のお心をとろかせてさしあげてください」

「私の歌声は、この森のなかでお聴きいただくのがいちばんなんです」さよなきどりは言いました。が、皇帝の望みなのだと説明すると、いやがらずについてきてくれました。

その夜のために、宮殿はとても立派に飾りつけられていました。磁器でできた壁も床も、無数のランプの光を浴びて、金色の輝きを放っています。このうえなく美しい花々（忘れずに、銀の鈴が結びつけられていました）が、廊下にずらりとならべられています。人々があちこちへ動きまわるたびに空気が動いて風が巻きおこり、銀の鈴が大きな音を立てるので、みんな、自分の声も聞こえないほどでした。

皇帝のお座りになっている大広間には、金のとまり木がすえられていました。このとまり木に、さよなきどりがとまるのです。宮廷じゅうの人々が、そこに集まっていました。あの小さな台所女中（いまや、宮廷料理人の称号を持っています）も、ドアのそばに立つことを許されました。そこからは、広間全体がよく見わたせます。みんなすっかり着飾っています。その全員の目が、小さな灰色の小鳥に向けられていました。皇帝が、小鳥に向かってうなずきます。それは、はじめなさいという合図でした。

さよなきどりは輝かしく歌い、皇帝の目には涙が浮かんで、それが頬を転がりおちました。さよなきどりはもう一度歌い、その歌声が一度目にもまして甘く美しかったので、皇帝の心は喜びと悲しみの両方にうちふるえました。皇帝は、自分の金の室内履きを、ごほうびとしてさよなきどりの首に結びつけると宣言したのですが、さよなきどりは、すでに十分なごほうびをいただいていますと言いました。

「皇帝の目に涙が浮かぶところを見たのですから。皇帝の涙以上に尊いものはありません。私がもう十分にごほうびをいただいたことは、天の神さまがご存知です」そしてさよなきどりはもう一度、さらに輝かしく歌いました。

「こんなにかわいらしい声のおしゃべりは聞いたこともないわ」宮廷の女性たちは言い、さよなきどりみたいな声をだそうと、みんな口に水を入れて、カラコロとのどを鳴らしてみます。部屋づきのメイドや従僕たちまでが、さよなきどりの歌にすっかり心をうばわれたと告白しました。この人たちはめったに喜ばないので、これは大変意味のあることでした。つまり、さよなきどりは、宮廷じゅうをうっとりさせたのです。

この日から、この小鳥は宮中にとどまり、自分の鳥かごをもらって、毎日、昼間に二度と夜に一度、かごからでて自由に飛びまわっていいことに決まりました。十二人の世話係がついたのですが、その一人ずつが、小鳥の脚に結びつけた絹糸のはしを、それぞれしっかりつかんでいるのでした。脚にそんな糸をつけられて散歩にでても、さよなきどりにはちっともたのしくありませんでした。

街じゅうが、この驚くべき小鳥の話でもちきりでした。人が二人出会えば、片方は「さよ……」とだけいえばよく、もう片方が「……なきどり」と、あとを引きとります。それだけで互いの気持ちが伝わって、どちらも深い満足のためいきをつくのでした。十一人は下まわらない数の商人の子どもたちが、小鳥にちなんで小夜鳴と名づけられました。そのうちの誰も、歌はちっとも歌えませんでしたけれどね。

ある日、大きな包みが皇帝のもとに届けられました。包みの上には「さよなきどり」と書かれています。

「これは、我らが有名な、あの小鳥に関する新しい本にちがいない」皇帝は言いました。でも、それは本ではありませんでした。箱に入っていたのは機械仕掛けの小さな美術品で、本物に似せて作られ、ダイヤモンドやルビーやサファイアで飾られた、作りもののさよなきどりでした。ぜんまいを巻くと、金と銀でできたきらきら輝くしっぽを上下に動かしながら、本物の鳥の歌った歌の一つを歌います。首にりぼんが巻いてあり、そのりぼんには、「中国の皇帝のさよなきどりには比ぶべくもありませんが、日本の天皇よりさよなきどりを贈ります」と書かれていました。

「なんてすばらしい贈り物だろう！」宮廷の人々はみんな感心し、このぜんまい仕掛けの鳥を運んできた使者は、すぐさま〝皇帝公認さよなきどり一等運搬人〟の称号を与えられました。

「さあ、二羽いっしょに歌わせてみよう。きっとすばらしい二重唱が聴けるぞ！」

　というわけで、二羽はいっしょに歌わなくてはならなくなったのですが、これは、あまりしっくりいきませんでした。というのも、本物のさよなきどりが心のままに歌っているあいだ、ぜんまいの小鳥はワルツばかり歌っていたからです。

「この鳥に罪はございません」音楽主任が言いました。「リズムは申し分ないですし、わたくしが学校で教えております音楽理論とも、完璧に一致しています」

　そこで、今度は作りものの鳥が一人で歌ったのですが、その歌声は、本物のさよなきどりのときとおなじくらい、人々を喜ばせました。おまけに、見かけは本物より美しいのです――、まるでブレスレットやブローチみたいに、きらきら輝くのですから。

くりかえしくりかえし、三十三回も、その鳥はまったく疲れも見せずにおなじ歌を歌いました。人々は、さらにもっと歌わせたがったのですが、皇帝は、今度は生きている方のさよなきどりが何か歌う番だと言いました。でも、彼女はどこでしょう？　あいている窓から飛びさって、さよなきどりが緑の森に帰ったことに、誰も気づいていませんでした。

「これはいったいどういうことだ？」皇帝はききました。廷臣たちは大いに困惑し、さよなきどりはひどく恩知らずなふるまいをしたと言いました。「ですが、私たちにはまだこの最高の鳥がいます」人々は言い、ぜんまい仕掛けの鳥をもう一度歌わせました。三十四回目のおんなじ歌です。けれど、それだけ聴いても、人々はその曲を完全には理解できませんでした。難しすぎたのです。音楽主任はその鳥をほめちぎり、美しい羽根やダイヤモンドのきらめきだけではなく、性能においても本物のさよなきどりより優れていると宣言しました。

「紳士、淑女のみなさん、そしてとりわけ皇帝陛下さま、お聞きください。本物のさよなきどりは、次にどんな歌を歌うのかわかりませんが、作りものの鳥ならば、何もかも決められたとおりに歌います。そういうふうにできておりますし、これからもそうありつづけるでしょう！　この鳥の中身はすっかり説明がつくのです。内部をあけてみれば、そこには人間の発明の才が宿っていることがわかるでしょう――どんなふうにワルツがこぼれだし、それがどう展開し、次につながるのかも」

「まったくそのとおり」人々は賛同し、音楽主任は、次の日曜日にその鳥を国じゅうの者たちに見せる許可を得ました。忘れずに歌も聴かせるように、と、皇帝は命じました。それで、宮中以外の人々もその鳥の歌を聴き、まるで、ちょっとお茶をのみすぎたときのように（ええ、中国の人たちにはたくさんお茶をのむ習慣がありますからね）、うっとりしました。口々に「おお！」とか「ああ！」とか言いながら、鳥を指さします。けれど、前に本物のさよなきどりの声を聞いたことのあるあの貧しい漁師だけは、「十分にいい歌声だし、本物に似ていなくもない。でも、何かが足りないような気がする。それが何なのかはわからないが」と言いました。

本物のさよなきどりは、国の敷地から姿を消しました。

作りものの鳥は、皇帝のベッドのそばの、絹のクッションの上が居場所に定められました。その鳥がたくさんもらった贈り物や、金や貴重な宝石が、居場所のそばにならべられています。この鳥は、いまや公式に、〝宮廷極上夜歌人〟という称号を与えられ、その等級の高さを示すために、〝左側第一等〟という位を与えられました。なぜなら、左側には心臓があるので、右側より左側の方が重要だというのが皇帝の考えだったからです（皇帝といえども、心臓はやっぱり左側にあるのですよ！）。音楽主任はこの鳥について、二十五巻にもおよぶ本を書きました。それはとても学究的な、とてもながい、そして、中国語のなかでももっとも難解な言葉に満ちあふれた本でした。それでも人々はそれを読んだと言い、とてもよくわかったと言いました。そうしないとばかだと思われてしまいますし、胃を踏みつぶされてしまうからでした。

そんなふうにして、一年が過ぎました。皇帝も宮中の人々もすべての中国人たちも、そのころには作りものの鳥の歌う歌を、細部まですっかりおぼえてしまいました。でも、だからこそ、それまで以上に気に入りました。というのは、つまり、いっしょに歌うことができたからです。みんな歌いました。街の少年たちも「ジジジ」とか「コッコッコッ」とか口ずさみ、皇帝本人もそう口ずさみました。ええ、まちがいなく、それはたのしいことだったのです。

けれどある夜、作りものの鳥が精一杯歌を歌い、皇帝がベッドに横になってそれを聴いていると、突然〝カタカタカタ、カタ、プスン〟という音が鳥のなかから聞こえました。その数秒後には、まったくべつな、〝ばちん！〟という音。そして、車輪が空回りして止まらなくなるような音が続き、そのあと急に静かになりました。音楽も鳴りません。皇帝はベッドから飛びでると、自分の主治医を呼びだしました。けれど、お医者に何ができたでしょうか？　そこで、今度は機械修理人が呼ばれました。たくさんの話し合いと調査がおこなわれ、修理人は、この作りものをなんとか動くように修復したのですが、こう警告しました。この機械は、これからうんと節約して使わなくてはならない、なぜなら部品がどれも古くなってすり切れているからで、かわりの部品がない以上、次にまたいつ音楽が止まってしまうかわからない。これはほんとうに悲しい知らせでした。これからは、鳥を歌わせていいのは一年に一度だけと決められました。それでさえ、この鳥には大きな負担なのです。音楽主任は、難しい言葉をたくさん使って短いスピーチをしました。その要点は、鳥はこれまでと変わらずいい状態である、ということでした。ですから――あなたはどう思いますか？　――これまでと変わらずいい状態なのでした。

五年が過ぎ、今度は国じゅうが、ほんとうに大きな悲しみにおそわれていました。国民の愛してやまない皇帝が、重い病気になり、もうあまりながくは生きられないといわれていたのです。すでに新しい皇帝が選びだされていました。人々はみんな道にでてきて、侍従長に、皇帝のご様子はいかがですかとたずねます。

侍従長にいえるのは「ペプ」だけで、すぐにうなだれてしまうのでした。

凍えて青ざめた皇帝は、豪華なベッドに横たわっていました。宮廷の人々はみんな、もう彼が死んだものと思い、新しい皇帝のご機嫌をとるのに忙しくしています。寝室づきの召使いはうわさ話に明けくれ、女中たちはコーヒーパーティをしています。廊下にはすべてじゅうたんが敷かれていましたので、人々の足音は聞こえず、何もかもがとても、とても静かでした。

けれど皇帝はまだ死んでいませんでした。体をこわばらせ、青白い顔で、長いビロードの布がさがり、重たい金糸の房飾りのついた、豪華なベッドに横になっていました。壁の上の方、あいた窓から月の光がさしこんで、皇帝とつくりものの鳥を照らしています。

気の毒な皇帝は、息をするのも苦しそうです。何かが胸の上に乗っているように感じました。皇帝が目をあけると……胸の上に乗っているのは死で、金のかんむりをかぶり、片手に皇帝の金の剣を、もう一方の手に、皇帝の美しい旗を持っています。そして、まわりには、重くたれさがったビロードの布のすきまから、おかしな顔がいくつも突きだしていました。不潔だったりみにくかったりする顔もありましたが、さいわいにも、やさしい顔もありました。それらはみんな、これまでに皇帝がしてきた善いおこないと悪いおこないで、死が皇帝の上にのっかっているいま、どの顔も、そろって皇帝をじっと見つめているのでした。

「これをおぼえていますか?」顔たちが、次々にささやきます。「あれをおぼえていますか?」あまりにもたくさんのことをきかれ、皇帝の額から汗がしたたりおちました。

「知らなかったんだ」皇帝は言い、「音楽を! 音楽を聴かせてくれ! 中国の大太鼓を!」と叫びました。「こいつらの言うことを聞かなくてもすむように」

けれど顔たちは話しつづけ、死はそのいちいちに、中国人みたいにうなずいています。

「音楽を! 音楽を!」皇帝は泣き叫びました。「尊い金の小鳥よ、歌ってくれ! 黄金や、貴重な贈り物をたくさんやったじゃないか。わし自身の金の室内履きを、首にかけてやろうともしたではないか。わしのために歌ってくれ! いますぐに!」

けれど、小鳥は何の音もだしません。誰もぜんまいを巻いていませんでしたから。死が、その大きなからっぽの眼窩から、皇帝をじっと見つめています。動くものは何もなく、すべてが静まりかえっていました。おそろしいほどの静寂です。

　すると、ほんとうに突然、窓の近くのどこかから、この世のものとも思えないほど美しい歌声が、はじけるように飛びこんできました。おもての木の枝に、小さな小さなさよなきどりがとまっています。皇帝の悲痛な声を聞き、なぐさめと希望を与えるために歌おうと、飛んできたのです。さよなきどりが歌うにつれて、皇帝のまわりの影たちはすこしずつうすれてかすんでいき、皇帝の弱った体のなかを、血液がどんどん速く力強くめぐりだしました。死までがうっとりと聴きほれ、こう言いました。「歌いつづけなさい、小さなさよなきどりよ。歌いつづけなさい！」

「そうしたら私に、皇帝の金の剣と優雅な旗、それにかんむりをくださいますか？」

　死は歌の見返りとして、それらの宝物を手放すことにしました。そして、さよなきどりは歌いつづけます。それは、静かな教会の中庭の歌でした。白いバラが咲き、背の高い木々が甘く香り、ひんやりした芝生が遺族たちの涙で湿っている、墓地のある中庭の歌です。すると、死は自分の庭が恋しくなり、白い冷たい霧みたいに浮かびあがって、あいた窓からでていきました。

「ありがとう。ありがとう！」皇帝は言いました。「神々しい小さな鳥よ！　わしはおまえをよく知っている。わしはおまえをわが帝国から追いだした。それなのにおまえは歌を歌って、邪悪なものたちをわしのベッドから追いはらい、死をわしの胸から遠ざけてくれた。どうやってお礼をすればいい？」

「お礼ならもういただいています！」さよなきどりはこたえました。「はじめて宮殿で歌ったとき、あなたは涙を浮かべてくださいました。私はそれを決して忘れません。あの涙は、歌う者の心を喜びで満たす宝石でした。でも、さあ、いまあなたは眠らなくてはなりません。眠って、もう一度新しく力強く目覚めなくては。あなたのために歌いましょう」

「いつもわしのそばにいてくれ」皇帝は言いました。「歌いたいときにだけ歌ってくれればいいから。あの作りものの小鳥は、こなごなにこわすことにしよう」

「いいえ、そんなことはなさらないでください」さよなきどりは言いました。「あの小鳥は、あの小鳥にできる精一杯のことをしたんですから。これまでどおり、大切にしてあげてください。私は宮殿に巣を作って住むことはできません。ときどきここにこさせてください。そして、夜になったら、窓の外の枝にとまって、あなたのために歌いましょう。あなたがたのしい気持ちになれるように。私は、幸運な人のことも、苦しんでいる人のことも、歌にして歌いましょう。あなたのまわりに隠れている善いことや、悪いことについて歌いましょう。この小さな歌うたいの小鳥は、遠くまで飛んでいきます。貧しい漁師のところや、藁ぶき屋根の農家といった、あなたやあなたの宮廷からはるか遠くに住む人々のところへ。皇帝のかんむりは神聖なものですが、私はあなたのかんむりよりも、心を愛しています。ですからまたここにやってきて、あなたのために歌います。ただし、一つだけ約束していただかなくてはなりません」

「なんなりと約束しよう」皇帝は言いました。いまや美しいローブ姿でしっかりと立っています。彼は自分でそれを羽織ったのですし、どっしりと重たい金の剣も、自分の手で胸にあてるように持っていました。

「一つだけお願いしたいのです。何もかも語って聞かせる小鳥をお持ちであることは、どうか誰にも言わずにおいてください」そう言うと、さよなきどりは飛びさっていきました。

召使いたちが、死んだ皇帝の様子を見に入ってきました。が、おお！　彼は立っているではありませんか！

「おはよう」皇帝は言いました。

# 訳者によるあとがき

江國香織

ハンス・クリスチャン・アンデルセンは、一八〇五年に生まれて一八七五年にこの世を去った、デンマークの作家です。靴職人の息子として生まれ、オペラ歌手をめざすも評価されず、その後、たくさんの物語を書きました。旅が好きで、生涯独身で、とても心配性だったそうです。何かあったらすぐに窓から逃げられるように、外出するときにはつねにロープを持ち歩いていたとか、寝ているときに死体と間違われ、埋葬されてしまわないように、〝死んでいません〟と書いた紙を枕元に置いて眠ったとか、おもしろい逸話が残っています。ちょっと風変わりですね。でも、まちがいなく、物語を書く天才でした。生涯に、驚くほどたくさんの、美しかったり可笑しかったり悲しかったりする豊かな物語を残しています。だから、この人がオペラ歌手として成功しなくてよかった、と私は思います。成功していたら、この人の書いたたくさんのお話が、書かれずじまいだったかもしれないのですから。そうなったら、世のなかはどんなに味気ないことでしょう。そのくらい、アンデルセンの書いた物語は世界じゅうの人々に読まれ、この世のなかにいろどりと風味をもたらしてきました。

エドワード・アーディゾーニは、一九〇〇年に生まれ、一九七九年に没したイギリスの傑出した画家であり、作家です。物語というものをほんとうに深く理解していた人で、物語によりそうのではなく、物語の一部になる挿絵をたくさん描きました。

この二人は生きた時代が違うので、会ったことはないはずですが、この本のなかで、いわば共作しているわけで、それはなんて豊かな、なんて幸福なことでしょう。

アンデルセンの書いたたくさんの物語のなかから、この十四編を選んだのはアーディゾーニです。短いお話も長いお話もあります。幻想的だったり諷刺的だったりするこれら十四編のお話は、アンデルセンの生きた時代を考えると、破天荒なほど自由闊達です。独特でおもしろいばかりではなく、アンデルセンという人が、世のなかのことをどう思っていたのかも伝わってきます。時が流れ、風俗習慣が変わっても、世のなかというのはあまり変わらないものなのですね。

アンデルセンとアーディゾーニからの美しい贈り物であるこの本に、訳者としてかかわれたのは光栄なことです。一つずつの物語を、みなさんがたのしんでくださいますように。

**著者　ハンス・クリスチャン・アンデルセン**

１８０５年、デンマークのオーデンセに貧しい靴職人の子として生まれる。11歳のとき父を亡くし、14歳で舞台俳優を志しコペンハーゲンに出るが、挫折する。その後、戯曲や詩を書き、30歳のときイタリア旅行の体験を描いた『即興詩人』で作家として認められる。１８７５年70歳で亡くなるまでに『絵のない絵本』などの小説や旅行記、「おやゆび姫」「小さな人魚」「赤い靴」をはじめ１５０編あまりの童話を書いた。

**選者・画家　エドワード・アーディゾーニ**

１９００年、ベトナム生まれ。イタリア系フランス人の父とイギリス人の母を持つ。5歳のとき、イギリスに移住。27歳で画家として独立。第2次世界大戦中は、公式の従軍画家に任命される。絵本作家、挿絵画家として高い評価を受け、生涯１８０冊以上の本を残した。なかでも5歳の長男のために描いた『チムとゆうかんなせんちょうさん』（福音館書店）は好評を博し、シリーズ全11巻を残した。その他創作絵本に『ダイアナと大きなサイ』（こぐま社）、挿絵の仕事に『ムギと王さま』（岩波書店）『あめあめふれふれもっとふれ』（のら書店）などがある。『チム　ひとりぼっち』（福音館書店）でケイト・グリーナウェイ賞を受賞。１９７９年没。

**訳者　江國香織**（えくに　かおり）

東京都生まれ。１９８７年『草之丞の話』で小さな童話大賞、１９９２年『きらきらひかる』（新潮社）で紫式部文学賞、２００２年『泳ぐのに、安全でも適切でもありません』（ホーム社）で山本周五郎賞、２００４年『号泣する準備はできていた』で直木賞、２００７年『がらくた』（以上新潮社）で島清恋愛文学賞、２０１０年『真昼なのに昏い部屋』（講談社）で第5回中央公論文芸賞、２０１５年『ヤモリ、カエル、シジミチョウ』（朝日新聞出版）で谷崎潤一郎賞など受賞作多数。他の著書に『ウエハースの椅子』（角川春樹事務所）『雪だるまの雪子ちゃん』（偕成社）など、翻訳に『パールストリートのクレイジー女たち』（ホーム社）など多数。

# アンデルセンのおはなし

2018年５月　初版発行
2022年11月　第２刷

著／ハンス・クリスチャン・アンデルセン
英語訳／スティーブン・コリン
選・絵／エドワード・アーディゾーニ
訳／江國香織
装丁／タカハシデザイン室
発行所／のら書店
〒102-0074　東京都千代田区九段南3-9-11 マートルコート麹町202号
電話03（3261）2604　FAX03（3261）6112　http://www.norashoten.co.jp
印刷／精興社

©2018 K.Ekuni Printed in Japan
279P 22㎝ NDC949 ISBN978-4-905015-39-0